धरती की करवट

धरती की करवट

फ़िराक़ गोरखपुरी

वाणी प्रकाशन

प्रकाशन के उत्कृष्टतम 61 वर्ष

सजिल्द पहला संस्करण : 1999
सजिल्द दूसरा संस्करण : 2001
सजिल्द तीसरा संस्करण : 2024

vaniprakashan.com

वाणी प्रकाशन

4695, 21-ए, दरियागंज, नयी दिल्ली-110 002

फ़ोन : +91 11 23273167, 23275710

शाखाएँ

अशोक राजपथ, पटना-800 004, बिहार

कॉफ़ी हाउस कैम्पस, महात्मा गांधी मार्ग, इलाहाबाद-211 001, उत्तर प्रदेश

महात्मा गांधी अन्तरराष्ट्रीय हिन्दी विश्वविद्यालय, वर्धा-442 001, महाराष्ट्र

36/ए, शेक्सपियर सरणी, रानी बिरला गर्ल्स कॉलेज के पास, कोलकाता-700 017, प. बंगाल

sales@vaniprakashan.in
vaniprakashan@gmail.com

DHAR TI KI KARVAT
by Firaq Gorakhpuri

ISBN : 978-81-7055-678-7
Poetry Callecton

मूल्य : ₹ 450

आर. टेक ऑफ़सेट प्रिंटर्स, दिल्ली-110 032 में मुद्रित

वाणी प्रकाशन का लोगो मक़बूल फ़िदा हुसेन की कूची से

ये कविताएँ

मेरी ये कविताएँ सबकी सब प्रगतिशील साहित्य के आदर्शों से प्रभावित और सहमत होकर रची गई हैं। प्रगतिवाद वर्तमान भारतीय साहित्य का प्राण बन चुका है। प्रगतिवाद क्या है इस समस्या पर अब भी कुछ क्षेत्रों में ले दे मची रहती है। यों तो प्रगतिवाद की धारणा और आत्मा बराबर विकसित होती हुई और उगती हुई वस्तु है और कई अर्थों में देश काल की माँगों के अनुसार प्रगतिवाद बदलता रहता है फिर भी विज्ञान और समाज-शास्त्र और जीवन के अधिक से अधिक कल्याणकारी सिद्धान्तों के अनुसार साहित्य और कला की ऐसी रचना करना जिससे संस्कृति और जीवन दोनों की माँगें पूरी होती हों--यही प्रगतिवाद है। आज संसार भर के लिए साम्राज्यवादी शक्तियाँ प्रगतिवाद की सबसे बड़ी दुश्मन हैं। आए दिन के शासन में इन शक्तियों का अत्याचार मानव-जाति की उन्नति असम्भव बना रहा है। संसार भर की जनता आर्थिक, मानसिक, सामाजिक और राजनैतिक गुलामी से मुक्त होने के लिए तैयार हो रही है इसलिए साम्राज्यवाद इस सृष्टि के इतिहास में सबसे भयंकर और विनाशकारी तीसरे युद्ध की तैयारी कर रहा है। साम्राज्यवाद का दमन और अत्याचार उन अनेक भोले-भाले कलाप्रेमियों के अपने ढंग से सौन्दर्य उपासना को भी असम्भव बना रहा है जिन्हें प्रगतिवाद की हवा भी नहीं लगी। बच्चों के जीवन से लेकर बूढ़ों के जीवन तक को साम्राज्यवाद नरक बना देना चाहता है। साम्राज्यवाद के आए दिन के दुःशासन और उसके कलुषित हाथों से जो तीसरी जंग की तैयारी हो रही है उसके ख़िलाफ़ मानवी चेतना को जगाना और इस युग में एक ऐसे रचे हुए और फलते-फूलते उन्नतिशील और कल्याणकारी जीवन के महत्त्वपूर्ण पहलुओं का ज्ञान देना प्रगतिवाद का मुख्य दायित्व है। इसी आदर्श को भारत के प्राचीन आचार्य और हमारे ऋषि-मुनि लोक-संग्रह बताते हैं। लोक-संग्रह कला, साहित्य और संस्कृति का सबसे उच्च और सबसे अधिक कल्याणकारी ध्येय और उद्देश्य है।

इस प्रसंग में एक भ्रम को दूर करना आवश्यक है। अत्याचारपूर्ण या दूषित सामाजिक और राजनैतिक प्रथा और इस तरह की अनेक समस्याओं में पड़ना कुछ

लोगों के नज़दीक कलाकार को शोभा नहीं देता। ये लोग कहते हैं कि कलाकार को इन झगड़ों के स्तर से ऊपर उठकर सौन्दर्योपासना करनी चाहिए। सौन्दर्योपासना का कितना प्रबल और निर्णयकारी प्रभाव सामाजिक, आर्थिक और राजनैतिक और हमारे समस्त सांसारिक जीवन पर पड़ता है इसे ये लोग सोचते ही नहीं। जो सांसारिक जीवन की समस्याओं में पड़ा वह इनके अनुसार कलाकार हो ही नहीं सकता और जो कलाकार है वह इन समस्याओं में पड़ ही नहीं सकता। सांसारिक जीवन का कला से बड़ा गहरा और सजीव सम्बन्ध है। स्वस्थ कला सृष्टि को, सांसारिक जीवन को, व्यक्तिगत और सामूहिक जीवन की समस्याओं और सिद्धान्तों को इस तरह समझने में सहायक होती है कि हमें संसार और जीवन का ज्ञान और उनसे प्रेम करना आ जाए और मानव जाति के जीवन की वे सम्भावनाएँ हम पर प्रकट हो जाएँ जिन्हें हम अपने पुरुषार्थ से पूरा करके दिखा सकते हैं। कर्म की शक्तियों को ऐसे ज्ञान से प्रज्वलित करना, जिसमें रोशनी और गर्मी दोनों हों, कला का सबसे महत्त्वपूर्ण आदर्श है। किसी कल्पित सौन्दर्य की उपासना कला नहीं करती। इसी जीवन, इसी संसार के नित्य उजागर होते हुए सौन्दर्य की उपासना कलाकार करता है ताकि जीवन के सौन्दर्य को उजागर होने में साहित्य और कला जीवन की सहायता करें। जब लोकमान्य तिलक ने और महात्मा गांधी ने गीता ऐसे महान् ग्रन्थ को राजनैतिक उत्थान का साधन बताया तो साहित्यकार यह कैसे कह सकता है कि सांसारिक जीवन की समस्याओं में पड़ना हमें शोभा नहीं देता। संसार में जितना महान् साहित्य रचा गया है वह सांसारिक जीवन की ही समस्याओं और प्रेरणाओं में कल्पना और कला द्वारा दिव्य प्रतिभा उत्पन्न करने के लिए ही रचा गया है। अपने-अपने समय की भौतिक और सांसारिक समस्याओं में डूब गए थे—वाल्मीकि, कालिदास, भवभूति, भर्तृहरि, कबीर, तुलसी, टैगोर, बंकिम, शरद, प्रेमचन्द और उन्हीं में डूब जाना चाहते हैं इस युग के भी प्रगतिशील लेखक और कलाकार।

रही बात कलात्मक साहित्य की। तो क्या रामायण, वैदिक धर्म, प्रकृति सौन्दर्य, रूप और प्रेम से सम्बन्ध रखनेवाले विषयों पर अकलात्मक या भोंडी नौटंकियाँ और छन्द नहीं लिखे गए ? क्या कामायनी या श्री मैथिलीशरण गुप्त की अनेक रचनाएँ आजकल की सांसारिक समस्याओं के विषयों को हाथ न लगाने से और केवल उन विषयों को हाथ लगाने से जिन्हें प्रगतिवाद के विरोधी कला और साहित्य के विषय मानते हैं, अनेक स्थलों पर असफल और सपाट होकर नहीं रह गईं ? और क्या प्रेमचन्द अपनी अनेक रचनाओं में इसी मटियाले जीवन, इसी गर्द में अटी हुई ज़िन्दगी, आर्थिक और राजनैतिक समस्याओं का विषय लेकर सफल नहीं हो सके ? क्या राधा और कृष्ण की प्रेम कहानी महान् साहित्य की रचना करा सकती है और महात्मा गांधी का जीवन, रूस और चीन की क्रान्तियाँ, किसानों और मज़दूरों का जीवन महान् साहित्य की रचना नहीं करा सकता ? साहित्य-रचना में असफल होना और सफल

होना इस पर नहीं निर्भर है कि लेखक का विषय अध्यात्मवाद है, प्रकृति सौन्दर्य है, रूप-प्रेम की रासलीला है या स्टालिन का जीवन है, रूस और चीन की क्रान्ति है, या फटेहाल किसानों और मज़दूरों की रामकहानी है।

प्रगतिवाद ने साहित्यकारों के लिए न क्षेत्र सीमित किए, न रास्ते बन्द किए और न विचारों को वर्दियाँ पहनाईं। आज के प्रगतिवादी कलाकार के क़लम की नोक पर विषयों और सौन्दर्य की झलकियों की वर्षा होती है–

कहता है मेरा ख़ामा[1] कि किस-किसको मैं बाँधू
बादल से चले आते हैं मज़मूँ[2] मेरे आगे

आज के प्रगतिशील लेखक के चारों ओर शीर्षकों और विषयों के अपार संसार के अनगिनत द्वार खुल गए हैं। प्राचीन साहित्य और कला, नवीन साहित्य और कला और उसकी निजी या व्यक्तिगत मौलिकता या कल्पना की उपज के ख़ज़ानों से उसका दामन मालामाल है। सुन्दर और सफल शैलियों की रंगारंगी की जैसी मिसालें सफल प्रगतिशील साहित्य में आज मिलती हैं उन्हें देखकर आँखें खुल जाती हैं।

एक दूसरे भ्रम को भी दूर कर देना ज़रूरी है। लोग कह बैठते हैं कि जिन समस्याओं पर प्रगतिशील लेखक साहित्य रचना में एड़ी-चोटी का ज़ोर लगा देते हैं जब वे समस्याएँ हल हो जाएँगी, जब संसार की परिस्थिति बदल जाएगी तो उस समय ऐसे साहित्य में कौन सी दिलकशी या आकर्षण रह जाएगा। उस समय ऐसा साहित्य बासी और पुराने समाचार पत्रों की सी एक चीज़ बनकर रह जाएगा। लेकिन क्या आज की सब महत्त्वपूर्ण समस्याएँ वही हैं जो जलप्लावन के बाद मनु के सामने थीं या जो राम, अर्जुन, भीष्म, विक्रमादित्य, सूर, तुलसी, मीरा के सामने थीं ? अगर नहीं तो फिर प्राचीन साहित्य क्यों नहीं मर गया ? क्या वह साहित्य बासी अख़बार बनकर रह गया है ? क्या किसानों की समस्या हल हो जाने पर प्रेमचन्द का 'होरी' एक मृतक पात्र बन जाएगा ? क्या नवाबी सभ्यता के मिट जाने पर रतननाथ सरशारका 'ख़ोजी', मिर्ज़ा रुसवाकी 'उमराव जान अदा' और इम्तयाज़अली 'ताज' की अनारकली मृतक पात्र और पात्रियाँ बन गए ? आज बन्दर और भालू न ईश्वर के भक्त हैं और न दस मुँहवाला कोई रावण है तो क्या हनुमान, जामवन्त और रावण के चरित्र-चित्रण अपना सब आकर्षण खो बैठे ? कला का जादू है ही इसी में कि सामयिक समस्याओं को या सामयिक जीवन को शाश्वत बनाकर दिखा दे। उर्दू का एक नौजवान प्रगतिशील कवि 'मजरूह' कहता है–

देह्र[3] में 'मजरूह' कोई जाविदाँ[4] मज़मूँ कहाँ
मैं जिसे छूता गया वह जाविदाँ होता गया

---

1. क़लम 2. विषय 3. संसार 4. शाश्वत

सामयिक को कल्पना की तपस्या कलात्मक बनाकर अमर जीवन दे देती है। इसी से प्राचीन साहित्य बासी समाचारपत्र नहीं बन गया।

मेरी इन कविताओं में भाषा और शैली ऐसी मिलेगी कि इन्हें समझने में किसी को शायद ही कहीं-कहीं थोड़ी सी कठिनाई पड़े। खड़ीबोली दिल्ली के जनसाधारण की भाषा है और यह भाषा जटिल और भारी-भारी शब्दों से बोझल नहीं होती। मैंने इन कविताओं की भाषा और शैली को इसी बोलचाल के साँचे में ढालने का प्रयत्न किया है। प्रगतिवाद ने उर्दू कविता की शब्दावली, भाषा और शैली में बुनियादी तौर पर बहुत बड़े सुधार का काम किया है। यों तो आदि काल ही से अधिकांश उर्दू लेखकों का प्रयत्न यही रहा है कि वे उर्दू काव्य साहित्य को जनसाधारण की सजीव बोली का सबसे सुन्दर नमूना बनाकर दिखा दें। लेकिन प्रगतिवाद ने इस प्रेरणा को और प्रबल कर दिया। संसार भर की उच्च से उच्च कविता की भाषा और शब्दावली प्रायः अनपढ़ जनसाधारण की भाषा से ही बनी है। कुछ हिन्दी प्रेमी इस भ्रम के शिकार हैं कि पांडित्यपूर्ण शब्दों के बिना कविता में सजावट नहीं आ सकती; उसकी शैली में चमत्कार या बलन्दी नहीं पैदा हो सकती। इस भ्रम का मूल कारण यह है कि हिन्दीप्रेमी अधिकतर दिल्ली से दूर हमारे प्रान्त के पूर्वी हिस्सों के रहनेवाले हैं जहाँ की बोली खड़ी बोली नहीं है। सहज खड़ी बोली पर इन हिन्दीप्रेमियों का आधिपत्य अनिश्चित और डावाँडोल है। इसीसे ये लोग रटे हुए प्रायः ऐसे संस्कृत शब्दों का सहारा लेते हैं जो हमारी बोली में और इसलिए हमारे साहित्य में भी स्वाभाविक रूप से खपते नहीं। इनकी हिन्दी का वह हिस्सा जो तत्सम है प्रायः अनुपयुक्त होता है और जो तद्भव है वह उलझा हुआ और भोंडा होता है। उर्दू कवि खड़ी बोली का लाखों अवसरों पर गद्य और पद्य में ऐसा ही बेलाग और स्वाभाविक प्रयोग कर जाते हैं जैसे ब्रज का प्रयोग सूर और रहीम कर जाते हैं। यों तो मेरी इन कविताओं में अरबी, फ़ारसी शब्द बहुत कम आए हैं और ठेठ हिन्दी शब्द, मुहावरे और टुकड़े बहुत अधिक आए हैं लेकिन ऐसा लिखना सीखा मैंने उर्दू ही साहित्य का अध्ययन करके। अब इससे आप भाषा और शैली के सम्बन्ध में जो नतीजे निकालना चाहें निकाल सकते हैं।

प्रयाग **—रघुपति सहाय 'फ़िराक़'**

1.5.53

ये कविताएँ कैसे पढ़ी जाएँ ?

जब इनमें से कोई कविता पढ़ना शुरू करें तो उसके छन्द के ताल-सम एवं झनकार और छन्द की लय को पकड़िए। इसका ध्यान रखिए कि छन्द की मात्राओं और छन्द के खटकों के अनुसार निम्नलिखित मात्राएँ कभी बढ़ाकर (दीर्घ स्वर से) कभी घटाकर (लघु या ह्रस्व स्वर से) पढ़ना जरूरी हैं–

आ, ई, ऊ, ए, ऐ, ओ, औ

जहाँ इन्हें छोटा करके पढ़ना छन्द के अनुसार आवश्यक है वहाँ इनकी अलग से मात्रा गिनी नहीं जाती जैसे–'दोहरा' में 'ओ' की मात्रा गिनी नहीं जाती यानी यह शब्द पाँच मात्राओं का नहीं बल्कि चार मात्राओं का माना जाता है। 'द' के उच्चारण में ही 'ओ' का उच्चारण मिला दिया जाता है। ऐसा ही 'तेहरा' के उच्चारण में भी करना पड़ता है। मिसाल के तौर पर उर्दू की निम्नलिखित पंक्तियों को देखिए–

न कुछ हम हँस के सीखे हैं न कुछ हम रोके सीखे हैं
जो कुछ थोड़ा-सा सीखे हैं किसी के होके सीखे हैं

पहली पंक्ति में दो बार 'के' शब्द आया है और दोनों स्थानों पर यह शब्द एक मात्रा का है यानी 'ए' की मात्रा को ह्रस्व करके पढ़ना चाहिए। दूसरी पंक्ति में 'सा' में 'आ' की मात्रा ह्रस्व है और 'थोड़ा-सा' बराबर है 'थोड़ा-स' के। लेकिन पहली और दूसरी दोनों पंक्तियों में 'सीखे' में 'ए' की मात्रा दीर्घ है और दूसरी पंक्ति में 'होके' में 'के' की मात्रा ह्रस्व है।

तुम्हारी तहज़ीब अपने हाथों से आप ही .ख़ुदकुशी करेगी
जो शाख़े-नाज़ुक पै आशियाना बनेगा नापायदार होगा

पहली पंक्ति में 'तुम्हारी' की 'ई' ह्रस्व, 'अपने' में 'ए' ह्रस्व, 'से' में 'ए' ह्रस्व, '.ख़ुदकुशी' और 'करेगी' में 'ई' और 'ए' दीर्घ। दूसरी पंक्ति में 'जो' में 'ओ' ह्रस्व,

'शाख़े' में 'ए' ह्रस्व, 'पै' में 'ए' ह्रस्व, 'बनेगा' में 'आ' ह्रस्व, 'ए' दीर्घ, बाक़ी शब्दों में हर स्वर दीर्घ।

'औ' की मात्रा कहाँ दीर्घ और कहाँ ह्रस्व करके पढ़नी चाहिए ? ग़ालिब के इस मिसरे के—

क्या खूब क़यामत का है गोया कोई दिन और

'और' शब्द में 'औ' की मात्रा दीर्घ है लेकिन ग़ालिब के इस शेर के—

तू और आराइशे-ख़मे-काकुल
मैं और अन्देशहाय दूर-ओ-दराज़

दोनों मिसरों के 'और' शब्द में 'औ' को ह्रस्व करके पढ़ना पड़ेगा। यहाँ और दो मात्रा का शब्द हो जाता है और 'आ' या 'का' के बराबर हो जाता है। 'ऊ' की मात्रा दीर्घ है लेकिन ग़ालिब के इस मिसरे के—

मैं हूँ और अफ़सुर्दगी की आरज़ू ग़ालिब कि दिल

'और' में 'औ' की मात्रा ह्रस्व है और 'हूँ' में 'ऊ' की मात्रा ह्रस्व है जिसे 'हुँ' पढ़ना चाहिए। 'ऐ' की मात्रा—

कन्या अब कामिनी है होनेवाली
आँखों को नयन बनानेवाले दिन हैं

पहली पंक्ति में 'है' में 'ऐ' की मात्रा ह्रस्व है दूसरी पंक्ति में 'हैं' में दीर्घ है। 'बनाने' में 'ए' की मात्रा ह्रस्व है 'वाले' में दीर्घ। 'दिन हैं' में 'ऐ' की मात्रा दीर्घ है।

'यह' और 'वह' के शब्द जब उर्दू कविता में आते हैं तो प्रायः 'ह' का उच्चारण नहीं किया जाता और ये शब्द बोले जाते हैं—'ये' और 'वो'। 'ये' में 'ए' की मात्रा कभी ह्रस्व होती है कभी दीर्घ, और 'वो' में भी 'ओ' की मात्रा कभी ह्रस्व कभी दीर्घ।

जैसे तुलसीदास की निम्नलिखित चौपाइयों में—

तुम पितु सरिस भले मोहिं मारा
या
कारन कौन नाथ मोहिं मारा
या
खल के बचन सन्त सहें जैसे

या मीरा के यहाँ—

अब तो बात फैल गई जानत सब कोई

या फिर तुलसीदास के यहाँ—

होइहैं सत्य गए दिन चारी

'ओ' की मात्रा और 'ए' की मात्रा ह्रस्व करके पढ़ना पड़ता है अर्थात् 'मोहिं' में, 'तो' में, 'होइहैं' में 'ओ' की मात्रा ह्रस्व है और 'सहें' में 'ए' की मात्रा ह्रस्व है। जब मेरी ये कविताएँ आप पढ़ें तो छन्द के अनुसार दीर्घ मात्राओं को अगर ह्रस्व करके पढ़ना पड़े तो उन्हें ह्रस्व करके ही पढ़ें। जैसे—चीन की क्रान्ति पर मेरी ये पंक्तियाँ—

मँडलाई कई करोड़ हाथों की घटा
गुलज़ार कई करोड़ चेहरों का खिला
जल उट्ठे कई करोड़ सीनों में चराग़
परदा सा कई करोड़ आँखों से उठा

पहली पंक्ति में 'मँडलाई' की 'ई', दूसरी पंक्ति में 'चेहरों' का 'ए', 'का' का 'आ', तीसरी पंक्ति में 'उट्ठे' का 'ए' और 'में' का 'ए' और अन्तिम पंक्ति में 'सा' का 'आ' और 'से' का 'ए' इन सबको ह्रस्व पढ़ना चाहिए। 'वह' और 'यह' दो शब्द ऐसे हैं कि उर्दू में इन शब्दों में 'ह' का उच्चारण खुलकर प्रायः नहीं किया जाता। इन्हें 'वो' और 'ये' करके पढ़ा जाता है। 'ये' में 'ए' की मात्रा और 'वो' में 'ओ' की मात्रा कभी ह्रस्व करके और कभी दीर्घ करके पढ़ी जाती हैं जैसे उपर्युक्त चीन की कविता ही में—

वह चीन, वह अम्ने एशिया का ज़ामिन

पहले अवसर पर आप चाहें तो वह में 'ह' खुलकर उच्चारण करें या इसे वो पढ़कर 'ओ' की मात्रा का पूरा उच्चारण करें। लेकिन दूसरे स्थल पर वह में 'ओ' की मात्रा ह्रस्व करके पढ़नी पड़ेगी। ऐसा क़िसी ज़बरदस्ती या कृत्रिमता के कारण नहीं है बल्कि बोलचाल में 'वह' और 'यह' को प्रायः इस तरह बोला जाता है कि 'ह' का अक्षर या 'ह' की आवाज़ 'वो' या 'ये' करके पढ़े जाएँ जिसमें 'ओ' और 'ए' की मात्रा कभी दीर्घ और कभी ह्रस्व होती है। हिन्दी में अनेक शब्द ऐसे हैं जैसे 'तोड़' में 'ओ' दीर्घ है लेकिन 'दोहरा' में ओ ह्रस्व है, 'पेड़' में 'ए' दीर्घ है और 'तेहरा' या 'केवाड़' या 'खेलवाड़' में 'ए' की मात्राएँ ह्रस्व हैं। 'तेरी' और 'मेरी' के शब्दों में भी 'ए' की मात्रा कभी ह्रस्व और कभी दीर्घ करके पढ़ी जाती है।

हिन्दी के जितने छन्द हैं उन सबमें उर्दू शायरी हो सकती है और एकाध छन्द छोड़कर सबमें सुन्दर से सुन्दर उर्दू शायरी हो चुकी है। इन छन्दों के अतिरिक्त उर्दू

में अनेक ऐसे छन्दों का भी प्रयोग किया गया है जिनमें खड़ी बोली बहुत सुगम और स्वाभाविक रूप से ढल गई है। हिन्दी कवि यदि इन छन्दों की ओर ध्यान दें तो हिन्दी और उर्दू एक दूसरे के बहुत निकट आ जाएँगी।

आजकल प्रयोगवाद की एक फुलझड़ी हिन्दी कविता में कुछ लोगों ने छोड़ रखी है। इन लोगों ने प्रयोगवाद की जैसी मिसालें पेश की हैं उसे मैं 'झखमारवाद' कहता हूँ।

अत्फ़ और इज़ाफ़त

हमारी बोली में अधिक से अधिक शब्द तद्भव और देशज हैं। इन शब्दों के बाद जो शब्द सबसे अधिक हमारी बोली में घुल-मिल गए हैं वे फ़ारसी के शब्द हैं। फ़ारसी भी आर्यभाषा है और फ़ारसी के शब्द भी तत्सम् संस्कृत शब्दों के तद्भव रूप हैं। फ़ारसी के बाद हमारी बोली में लगभग एक हज़ार सरल और सुगम अरबी शब्द घुल-मिल गए हैं। तत्सम् संस्कृत शब्द हमारी बोली में सबसे कम हैं। उर्दू में फ़ारसी-अरबी शब्द अधिकतर फुटकर रूप में आते हैं। कुछ शब्दों के जोड़े होते हैं। संस्कृत और हिन्दी में ये जोड़े शब्द बिना किसी संयोजक के, समास के रूप में आते हैं जैसे—धन-धान्य, मान-मर्यादा। यहाँ तक कि जब एक शब्द संस्कृत या हिन्दी का हो और दूसरा फ़ारसी या अरबी का हो तब भी ये शब्द बिना किसी संयोजक के साथ-साथ आते हैं जैसे—धन-दौलत, इज़्ज़त-पानी, रंग-रूप, खेल-तमाशा, बाल-बच्चे, शादी-ब्याह। लेकिन जब जोड़े शब्दों में या समास के रूप में साथ लाए जानेवाले दोनों शब्द फ़ारसी या अरबी के हों तो 'ओ' का संयोजक बीच में लाया जाता है 'ओ' का अर्थ है 'और'। हम गंगा-जमुना कहते हैं, लेकिन फ़ारसी में इसे 'गंग-ओ-जमन' कहते हैं, हम 'आग-पानी' कहते हैं, फ़ारसी में इसे 'आतिश-ओ-आब' कहते हैं, इस 'ओ' के संयोजक को 'अत्फ़' कहते हैं यानी संज्ञाओं को मिलानेवाला। इन कविताओं में अनेक स्थानों पर 'अत्फ़' का प्रयोग किया गया है। 'अत्फ़' का 'ओ' कभी ह्रस्व और कभी दीर्घ करके पढ़ा जाता है यह बात छन्द पर निर्भर है।

यों तो समास आठ तरह के होते हैं और इन सबमें जो विभक्तियाँ छिपी हुई हैं वह आठ तरह की होती हैं। समास के स्थान पर उर्दू कवि अक्सर 'इज़ाफ़त' का प्रयोग करते हैं जिसका सूचक 'ए' का अक्षर है जो कभी ह्रस्व और कभी दीर्घ करके पढ़ा जाता है। इज़ाफ़त में शब्दक्रम बदल जाता है जैसे हृदय-पीड़ा को दर्दे-दिल कहेंगे, प्रेमी के हृदय-पीड़ा को दर्दे-दिले-आशिक़ कहेंगे। हिन्दी में इज़ाफ़तों के अर्थ करने का सीधा ढंग यह है कि पहले अन्तिम शब्द का अर्थ किया जाए और उसके बाद 'का' या 'के' लगाकर पहले आनेवाले शब्द का अर्थ किया जाए। इस तरह दर्दे-दिले-आशिक़ का अर्थ हुआ आशिक़ के दिल का दर्द। ग़ालिब के इस शेर की

पहली पंक्ति में इज़ाफ़त और अत्फ़ दोनों की मिसालें साथ ही मिल जाएँगी—

क़ैदे-हयात-ओ-बन्दे-ग़म, अस्ल में दोनों एक हैं
मौत से पहले आदमी ग़म से निजात पाए क्यों

"अर्थात् जीवन का बन्धन और ग़म का बन्धन वास्तव में दोनों एक हैं इसलिए मौत से पहले आदमी को ग़म से मुक्ति या छुटकारा कैसे मिले।" पहली पंक्ति में 'क़ैदे और बन्दे' में 'ए' की मात्राएँ इज़ाफ़त हैं और दोनों को ह्रस्व पढ़ना चाहिए। 'ओ' का शब्द 'अत्फ़' है जिसका अर्थ है और। अत्फ़ को व करके न कभी लिखना चाहिए न कभी पढ़ना चाहिए। उपरोक्त पंक्ति में 'ओ' को भी ह्रस्व पढ़ना चाहिए। लेकिन छन्द के अनुसार इज़ाफ़त में 'ए' की मात्रा और अत्फ़ में 'ओ' की मात्रा दीर्घ करके भी पढ़ी जा सकती है।

विषय-सूची

धरती की करवट

कविता बड़े साधारण स्वर में आरम्भ होती है। जहाँ तक जनसाधारण और भोले-भाले उन किसानों की भावनाओं को प्रकट किया गया है वहाँ तक कविता प्रायः अतुकान्त है। भाषा, शैली, कल्पना और वाक्य के स्तर भी अनपढ़ जनता की साधारण चेतना के निकट हैं। कविता का आरम्भिक हिस्सा गद्यात्मक अधिक है और पद्यात्मक कम। जहाँ से मज़दूरों या कामगारों की बात आरम्भ होती है कविता वहाँ से तुकान्त हो गई है और कल्पना का स्तर भी ऊपर उठ जाता है। मानव-सभ्यता के निर्माण में मज़दूरों या कारीगरों का कितना महत्त्वपूर्ण स्थान है, क़लम के सूरमा इस ओर बहुत कम ध्यान देते रहे हैं। कविता के इस हिस्से में इस भ्रम को दूर किया गया है। आगे चलकर जब मशीन युग संसार में स्थापित होता है वहाँ मशीन के महत्त्व और सभ्यता के निर्माण में मशीन की प्रधानता का वर्णन आया है। और आगे चलकर पूँजीवादी शक्तियों और साम्यवादी शक्तियों के संघर्ष का चित्रण किया गया है। अन्त में उस विश्वव्यापी नूतन जागृति की झलक दिखाई गई है जो इस युग का सबसे महत्त्वपूर्ण लक्षण है। इतने जटिल और कठिन विषय पर सरलतम भाषा को कलात्मक बनाने का, उर्दू और आधुनिक हिन्दी में काव्य रचने और सरल भाषा को उच्च साहित्यिक स्तर पर ले जाने का यह पहला प्रयास है। पाठकों को गम्भीरता के साथ इस कविता को पढ़ते हुए इस समस्या पर विचार करना चाहिए कि मज़दूरों के उस जीवन को जिसे साहित्य, कला और कविता से वंचित समझते हैं और जिसे खुरदरा, नीरस और शुष्क समझते हैं, उच्च से उच्च काव्य का विषय बनाने में कवि कहाँ तक सफल हुआ है। कवि इस कविता में पत्थर को पारस कर सका है या नहीं। जहाँ तक भाषा का सम्बन्ध है मातृभाषा या राष्ट्रभाषा को सफल बनाने में कवि कहाँ तक सफल हुआ है इसका फ़ैसला कवि नहीं इस कविता के पाठक करें।

धरती की करवट

सूरज चाँद अँगड़ाई लेंगे
तारे अपनी गति बदलेंगे
परबत, सागर लहराएँगे
जब यह धरती करवट लेगी

हल, कुदाल, फावड़े, बसूले
उठे हथौड़े बोल उठेंगे
नया जनम है आज़ादी का
देश के राजा, देश निवासी

परजा ही है देश का राजा
घर की चटाई राज सिंघासन
सबकी टोपी राज मुकुट है
फूस का घर भी राजमहल है

जनम जनम का पाप कटेगा
अब तक किसका राज रहा है ?
राजे, बाबू, सेठ, महाजन
ज़मींदार, दीवान, दरोग़ा

पंडित, ठाकुर, शेख़ और सैयद
साहब, मिस्टर, हाकिम, अफ़सर
सोनावाले, चाँदीवाले
आढ़तवाले, मंडीवाले

कोट, महल और कोठीवाले
गद्दीवाले, कुर्सीवाले
मसनदवाले, फ़र्शीवाले
परमिटवाले, लाइसेंसवाले

घस्सेवाले, ठस्सेवाले
पट्टेवाले, सट्टेवाले
इनके चट्टे बट्टेवाले
अब तक इनका राज रहा है

देश पर अत्याचार रहा है
अब यह धरती करवट लेगी
अब यह दुनिया पलटा लेगी
भारत की काया पलटेगी

सबकी क़िस्मत चमक जाएगी
कारीगर, मज़दूर, किसान
भारत के बेचैन जवान
दबे-दबे बेनाम-ओ-निशान

उभरेंगे बेशान-ओ-गुमान
मान न मान तेरा मेहमान
हमको जान हमें पहचान
यही सँभालेंगे सब काम

राज पाट के मालिक होंगे
राज के करता धरता होंगे
सतजुग से भी बढ़कर होगा
राम राज से बढ़कर होगा

हर एक जुग से बढ़कर होगा
ब्राह्मण राज से बढ़कर होगा
क्षत्री राज से बढ़कर होगा
वैश्य राज से बढ़कर होगा

हिन्दू राज से बढ़कर होगा
बौद्ध राज से बढ़कर होगा

मुसलिम राज से बढ़कर होगा
मेहनत करनेवालों का राज

खेती करनेवालों का राज
माल बनानेवालों का राज
धन उपजानेवालों का राज
हुन बरसानेवालों का राज

इस ऊसर बंजर धरती को
इस जलती तपती परती को
स्वर्ग बनानेवालों का राज

किसानों की पुकार

नये नियम से नये रूप से
नये रंग से नये ढंग से
खेती होगी

खेत और खलिहान का रोना
बीज, खाद, पानी का रोना
गाय की हाय, बैल का रोना
घास, खली भूसे का रोना

ज़मींदारों की मार का रोना
गाली और फटकार का रोना
धर-पकड़ और बेगार का रोना
क़र्ज़े और ब्याज का रोना

बनिए और बज़ाज़ का रोना
इज़्ज़त और लाज का रोना
पटवारी की चाल का रोना
दंड, राजपड़ताल का रोना

साथी, लाल, बाल का रोना
आए दिन के काल का रोना

हर चीज़ और हर बात का रोना
जुग जुग से दिन रात का रोना

नहीं रहेगा नहीं रहेगा
दिन बदलेगा पाप कटेगा
साथी सब सन्ताप कटेगा
अन खलिहान से घर में आए

इसकी नौबत कब आती थी
अब तक छाती फाड़ परिश्रम
करके जो कुछ फ़सल उगाई
वह गाढ़ी भरपूर कमाई

दो दिन अपने काम न आई
ऊपर ऊपर उड़ जाती थी
रह जाते भूखे के भूखे
रह जाते नंगे के नंगे

रह जाते क़र्ज़े में डूबे
जीवन कटता ब्याज चुकाते
लेकिन अब कुछ होने को है
खेती, बाड़ी, बाग़ और जंगल

दूध, दही, घी, नाज और फल
गाँव में जो दौलत उपजेगी
वह सबकी सब अपनी होगी
अब यह दुर्व्यवहार मिटेगा

अब यह अत्याचार मिटेगा
चालाकी में धौंस धाँस में
दल्लालों की फोड़ फाँस में
फुसलाने में बहकाने में

डरवाने में धमकाने में
लुट्टस पिट्टस की हलचल में
धन्ना सेठ के, छल, बल कल में
चतुर किसान नहीं आएगा

वह अपना हिस्सा, अपना हक़
लेके रहेगा लेके रहेगा
जीके रहेगा मरके रहेगा
लेकिन अब कुछ करके रहेगा

हर बीघा में, हर एकड़ में
पैदावार अठगुनी होगी
भूख मिटेगी और घर घर में
अन्नपूरणा बास करेगी

शिक्षा में गोलमाल

जात पात का भेद मिटेगा
ऊँच नीच का भेद मिटेगा
हिन्दू मुसलिम भेद मिटेगा
ब्राह्मण शूद्र बराबर होंगे

औरत मर्द बराबर होंगे
छोटे बड़े बराबर होंगे
बल, विद्या, धन, मान और पद
ओहदा, कुर्सी, इज़्ज़त, शोहरत

जान माल, धन और हुकूमत
बड़ी बड़ी जागीर, रियासत
पढ़ना, लिखना, सनद, लियाक़त
बैठकबाज़ों की थी दौलत

पाकर क़िस्मत के पत्तों के
चौवे, पंजे, सत्ते, अट्ठे
क्या खुश थे उल्लू के पट्ठे
लगे हैं जब धक्के पर धक्के

छुटे तिड़ीबाज़ों के छक्के
सब जगहें यों ले बैठे थे
सब कुछ यों हथिया बैठे थे
यों दुनिया पर छाए हुए थे

जैसे उनकी हो यह बपौती
अब देता है समय चुनौती
कारीगर, मज़दूर किसान
इनकी बदनसीब सन्तान

पढ़ने लिखने का हक़ इनसे
छल बल कल से छीन लिया था
एक धोखा फैला रक्खा था
'नीची' जात पाँतवालों के

बच्चों को मनुष्य कब जाना
पढ़ने लिखने की उमंग को
निज अधिकार चेष्टा माना
इनके इतनी अक़्ल नहीं है

इनके पास दिमाग़ नहीं है
सूझ नहीं है बूझ नहीं है
माँ की कोख से यह जनमे हैं
जनम लँडूरे जनम गँवार

इन्हें अँधेरे ही में रक्खो
रैन बसेरेही में रक्खो
कभी न उभरे इनकी ज़ात
कभी न चमके इनकी बात

कभी न दिन हो इनकी रात
चगढ़ चतुर दुनिया में इनको
अंधा बहरा गूँगा रक्खो
घामड़ अनपढ़ डग्गा रक्खो

मैला और कुचैला रक्खो
हेटा रक्खो नीचा रक्खो
इनको चोंगा पोंगा रक्खो
क़लम न इनके हाथ में आए

फिर तलवार भी छिन जाएगी
राज की लंगरदार नाव की

फिर पतवार भी छिन जाएगी
अपना भरम बनाए रक्खो

जनता को भरमाए रक्खो
अब तक यह साजिश थी लेकिन
अब यह जादू टूट चुका है
अब यह भाँडा फूट चुका है

पूरा ढोंग रचा रक्खा था
क्या अंधेर मचा रक्खा था
विद्या को दफ़ना रक्खा था
उसका रूप छिपा रक्खा था

दिन को रात बना रक्खा था
शब्दों का आडम्बर रचकर
मन गढ़न्त से एक बात का
सौ बिस्तार बना रक्खा था

एक ब्योपार जमा रक्खा था
कारोबार चला रक्खा था
ब्रह्मानन्द सहोदर कविता
को बेकार बना रक्खा था

सीधी सादी बातों में भी
झूठी ऐंठन दे रक्खी थी
सहज को कठिन बना रक्खा था
सीध में टेढ़ लगा रक्खी थी

अड़बड़ शब्द गढ़े कुछ ऐसे
जिनको जनता सीख न पाए
जिनको जनता बोल न पाए
जिनको जनता समझ न पाए

जिनको जनता सुन डर जाए
कोष घोंट लेनेवालों का
सतरें पढ़ लेनेवालों का
क़लम पकड़ लेनेवालों का

कागज़ रँग देनेवालों का
गिटपिट कर लेनेवालों का
एक दरबार सजा रक्खा था
ज्ञान सभ्यता का अपने को

ठेकेदार बना रक्खा था
यारों ने हड़बोंग मचाकर
ढोंग रचाकर, स्वाँग रचाकर
तन्तर, जन्तर, छू मन्तर से

हौआ बना दिया विद्या को
सरस्वती के मंदिर को भी
बना दिया मछली बाज़ार
विद्या के पवित्र मंडप में

जब हम हाथ जोड़कर जाते
पंडित हमको धता बताते
हम मुँह देखते रह जाते थे
यही सोचते रह जाते थे

हम निर्धन कंगालों से
सिर्फ़ लक्ष्मी नहीं ख़फ़ा है
सरस्वती भी रूठ गई है
हमसे सब करते हैं छूत

अब तक यही रिवाज रहा है
'ऊँची ज़ात' ऊँचे घरवाले
पैसेवाले, ऊपरवाले
विद्या हासिल कर सकते थे

लिख सकते थे पढ़ सकते थे
उनके बच्चे हो सकते थे
चचा भतीजे हो सकते थे
भाई भांजे हो सकते थे

जज्ज, कलक्टर और कमिश्नर
राज सभा के चौकस मेम्बर
डॉक्टर और वकील, बैरिस्टर
इंजीनियर, टीचर, प्रोफ़ेसर

वाइस चांसलर और चांसलर
फ़ौज के नायक फ़ौज के अफ़सर
बैंक डिरेक्टर, बैंक मनेजर
कम्पनियों के शेयर होल्डर

एम.ए.,बी.ए., बी.टी., सी.टी.
बागी, रागी, रतन पारखी
कलाकार, ज्ञानी विज्ञानी
पत्रकार, लेखक लासानी

चित्रकार, शायर सैलानी
वीर, सूरमा, धर्मी, दानी
आठों गाँठ कुमैत जवानी
जिसकी छवि नहिं जाय बखानी

'गिरा अनैन नैन बिन बानी''
लेकिन कब तक यह मनमानी
यारो दुनिया आनी जानी
किस बिरते पर तत्ता पानी

अब न चलेगी आना कानी
''का बरखा जब कृषी सुखानी
समय चूकि पुनि का पछतानी''
अब यह सब दुनिया बदलेगी

अब यह सब काया पलटेगी
अब यह धरती करवट लेगी
अब किसान मजदूर के बच्चे
जिनको तुमने सड़ा रखा था

जिनको गधा बना रक्खा था
सब कुछ पढ़ लिखकर निकलेंगे
यही सजाएँगे हर कुर्सी
यही सँभालेंगे सब ओहदे

तलवार और क़लम दोनों को
अपने हाथों में ले लेंगे
कलावन्त भी कलाकार भी
अब होगी इनकी सन्तान

अब किसान मज़दूर और अफ़सर
सेनापति, जर्नैल, मिनिस्टर
बड़े वज़ीर गवर्नर जनरल
यह सब एक वर्ग के होंगे

भेद भाव सब मिट जाएँगे
एक अछेद, अभेद, अखंड
एक सजीव सुयोग समाज
भारत में आँखें खोलेगा

मज़दूरों, कारीगरों, शिल्पकारों की ललकार

नई सभ्यता क़ायम होगी
तोड़ा धरती का सन्नाटा
किसने ? हम मज़दूरों ने
डंका बजा दिया आदम का

किसने ? हम मज़दूरों ने
दुनिया की अन्धी नगरी में
जगमग दीप जलाया किसने
जग में रंगारंग चमाचम

यह बाज़ार सजाया किसने
ओट में छिपी हुई तहज़ीबों
का घूँघट सरकाया किसने
शरमीली तक़दीर की देवी

का आँचल ढलकाया किसने ?
काम चोर सपनों की काया
में शोला भड़काया किसने
बदन चोर इस प्रकृति कामिनी

का सीना धड़काया किसने
परत परत को इस धरती के
साथी, खोल दिया है किसने
छिपे दफ़ीनों पर क़ुदरत के

धावा बोल दिया है किसने
जीवन के समुद्र मन्थन में
हमने भँवर क्या डाले हैं
भव सागर से इन हाथों ने

क्या क्या रतन निकाले हैं
वन उपवन थे, हर काँटे से
हँसता फूल खिलाया किसने
पत्थर के पथरीले दिल को

तप तपकर पिघलाया किसने
इस ऊसर बंजर धरती पर
धन का ढेर लगाया किसने
इस भूखी प्यासी दुनिया में

हुन पर हुन बरसाया किसने
हर आफ़त से हर मुश्किल से
मज़दूरों की जोड़ रही है
उलटी पलटी आड़ी टेढ़ी

तक़दीरों से होड़ रही है
क्या यह वही दुनिया है साथी
कल जो फटे हाल में फिरती थी
क्या यह वही बेचारी है जो

बार बार उठकर गिरती थी
साथी बोल लहू खौलाकर
जीवन रूप रचाया क़िसने
इस नंगी उजड़ी दुनिया को

सजकर दुल्हन बनाया किसने
नभचुम्बी शिखरों पर साथी
हम बेखटके चढ़ जाते थे
जहाँ मौत जाते हुए झिझके

ताल ठोंककर बढ़ आते थे
आकाशों के पातालों के

दिल का चोर निकाला किसने
ख़ाली था, भरकर छलकाया

इस जीवन का प्याला किसने
अपनी कमर के बूते से हम
पेंग चढ़ाते हैं जीवन की
दो झटकों में हिलाकर रख दें

साथी चूलें इन्द्रासन की
सरकश पंचभूत का गट्टा
हमने झटक के तोड़ दिया है
जिस क़िस्मत की मार ग़ज़ब थी

उसका पंजा मोड़ दिया है
दह्र की हर तख़रीबी क़ूवत[1]
को साँचे में ढाल लिया है
क़ुदरत के चैलेंज का हमने

कल्ला तोड़ जवाब दिया है
ख़ून पसीने के हिलोर में
तदबीरें मुँह देख रही हैं
इस लहराते आईने में

तक़दीरें मुँह देख रही हैं
अपने कस बल से सीनों में
तूफ़ानों को बन्द किया है
सधे हुए सौ सौ हाथों से

भूचालों को थाम लिया है
लाख जतन से जीवन खेती
मुरझाने से रोका किसने
सूरज की इस अगिन गेंद को

किसने उछाला ?—लोका किसने
कई बार रहती दुनिया की
आई को हम टाल चुके हैं
कई बार तक़दीरे-जहाँ की

आँखों में आँखें डाल चुके हैं
जब फ़ाक़ों पर फ़ाक़े थे
जब कोई उम्मीद नहीं थी
हमने जहाँ उँगलियाँ रख दीं

नबज़ें चलने लगीं दुनिया की
इस अधमरी दलित दुनिया को
अपने लहू से अमर किया
सुन लेना रन बोल उठेगा

मौत को हमने जीत लिया
जिस दम हल्ला बोल दिया है
दरिया, सहरा काँप उठे हैं
हमसे टक्कर लेकर साथी

परबत, सागर, हाँप उठे हैं
चाँद और सूरज की किरनों से
चादर बुनकर रख देते हैं
इसी हथौड़े की ज़रबों से[2]

लोहा धुनकर रख देते हैं
करके बराबर रख देते हैं
ऊबड़ खाबड़ पेच-ओ-ख़म
कड़े कोस नरमा देते हैं

अपने धरती-तोड़ क़दम
ज़रा ठेस लगते ही साथी
नींद की दुनिया जाग उठती है
ठुकरा दें जिस पड़ी शिला को

बनके अहल्या जाग उठती है
यूँ गुदगुदा दिया है हमने
संग का[3] पहलू फड़क रहा
यूँ उकसाया है जड़ता को

पथर का दिल धड़क रहा है
जान डाल दी तस्वीरों में

यूँ हर ख़त[4] चमकाया हमने
लौ दे उठते हैं वह नुक़ते

चूम लिया है जिनको क़लम ने
नाम उभरने का न कभी ले
पेच-ओ-ख़म में निगाह जो डूबे
नक़्क़ाशी के अमर मोजज़े[5]

मीनाकारी के वो अजूबे
इन हाथों की गुलकारी में
सुब्हे-बहार साँस लेती है
हमने दबा दी हैं वह आँचें

मिट्टी लौ पर लौ देती है
चौड़ी बुर्जों को जो देखे
शक़्क़ुलक़मर[6] याद आ जाए
बुतख़ानों के रूप नगर में

सेह्रे-सामरी[7] ग़श खा जाए
यूँ जगगगा दिया धातों को
हो ठहराव पे चाल का धोखा
साफ़ आँखों को हो जाता है

जामिदपर[8] सय्यालका[9] धोखा
इन्हीं खुरदरे हाथों का जस है
या सन्नाई[10] बोल उठी है
देख ज़रा बच्चों के खिलौने

साथी, मिट्टी बोल उठी है
कड़ी चटानों के, तेशे से
हमने सीने फाड़ दिए हैं
चार खूँट रहती दुनिया में

हमने झंडे गाड़ दिए हैं
इस धरती को छूकर हमने
चाँद सितारों को छेड़ा है
करके बसर काँटों पर साथी

हमने बहारों को छेड़ा है
अकसर इस धरती की छूटें
देवलोक पर पड़ जाती हैं
आज इसी दुनिया की आँखें

इन्द्रपुरी से लड़ जाती हैं
अपने इरादों की उठान में
रूहे-तमद्दुन की बरनाई[11]
इन्हीं हथौड़ों के सरगम में

तारीख़ों[12] ने ली अँगड़ाई
मुहिनजदाड़ो और हड़प्पा
लाल क़िला और ताज महल
देख एलोरा और अजन्ता

कपिलवस्तु का राज महल
बेल और बूटों के पर्दे में
हमने क्या क्या काम किए हैं
मुँहबँधी कलियों की गिरहों में

हमने शोले बाँध दिए हैं
मरहमे-आबेरवाँ[13]—छनती है
सात तहों से बदन की ज्योत
पर्दे पर्दे में रह रहकर

जैसे जागे मन की ज्योत
बारह अब रंग सोलह सिंगार
गोकुल की राधा सजती है
इस दुनिया के वृन्दावन में

किसकी बंसी बजती है
कोख उजड़ जाए धरती की
फूट जाए मानव का भाग
याद रहे हम उठ जाएँ तो

लुट जाए दुनिया का सुहाग
हाथ हमारा ही घर घर में

लेके चराग़े-शाम आया है
बुनियादों से रद्दा रद्दा

ख़ून हमारा काम आया है
रूम, यूनान की वह फ़नकारी[14]
मिस्र देश के वह अहराम
क़ुस्तुनतुनिया के कंगूरे

क़स्रे-कै, क़स्रे-बहराम[15]
काशी, दिल्ली, इलियम, पीसा[16]
के वह धौरहरे मीनार
उज्जैन और शीराज़ और ग़ज़नी

अलहमरा के दरो दीवार
नीले सपनों की झिलमिल में[17];
एटलांटिस का वह जल-सेज
जुग जुगान्तर के बिरसे को

पीढ़ी पीढ़ी दिया सहेज
मारीशस, कीनिया, टंगानिका
लंका, बंका[18], सिंगापूर
यह किसने लहलहा दिया है

जल थल को नज़दीक और दूर
झलक रहा है नगर मास्को
नव युग का वह जरोसलेम
वह जादू निर्मान कला के

लेनिनग्राड और नीपरडैम[19]
भूमंडल जुग का जुग से
रिश्ता नाता जोड़ आए हैं
क़दम क़दम पर इस दुनिया में

अपनी निशानी छोड़ आए हैं
सहरा को जो चमन बना दें
ऐसे दीवाने कम होंगे
आँख उठाकर हद्दे-नज़र तक

देखोगे तो हमीं हम होंगे
''पत्ता पत्ता, बूटा बूटा
हाल हमारा जाने है
जाने न जाने गुल ही न जाने''
(महाकवि 'मीर')

''बाग़ तो सारा जाने है''
घन घन घन अनगिनत मशीनों
के पहियों का चक्कर खाना
यह घड़ घड़ घड़, यह ज़ीरो बम[20]

सय्यारों[21] का मिलकर गाना
दहड़ दहड़ जलते फ़रनेस से
सूरज-मंडल झपक गया है
अन्धकार के सीने में भी

अक्सर कौंदा लपक गया है
लाख करवटें लेता शोला
बज्र को भी पिघला देता
ब्वायलर हौंक रहा है गोया

ज्वालामुखी साँसें लेता है
बरसाती हैं फूल अंजन के
लाल अंगारों की बौछारें
सुनो खनकते कल पुर्ज़ों में

सौते-सरमदी[22] की झनकारें
यह मशीन की गड़गड़ाहटें
धरती की छाती हिल जाए
धुआँ चिमनियों से उठता है

गत पर जैसे नाग लहराए
जीवन की काली रातों का
धरती जहाँ पता देती है
गाती हुई मशीनों की लय

वहाँ चराग़ जला देती है
रेलों की घन गरज, जहाज़ों

का वह सागर फाड़ बढ़ाव
साफ़ मंडलाकार फ़ज़ा[23] में

तैय्यारों[24] का निडर चढ़ाव
नदियों का मुँह मोड़ दिया है
वीराना लहराता है
रेगिस्तानों में अब पानी

गगन खेलता जाता है
मज़दूरों के करामात हैं
मज़दूरों के पस्त-ओ-बलन्द
किस करवट से चन्द्रलोक पर

फेंकी है बेलाग कमन्द
कर्मयोग की महाशक्ति को
हमने अपने साथ लिया है
इस जीवन के शेषनाग को

इन हाथों ने नाथ लिया है
हम दुनिया के चलानेवाले
और हमीं पामाल, यह क्या है
हम दुनिया को बचानेवाले

और इतने बदहाल, यह क्या है
हमको भूखा रखकर हमसे
धन कुबेर का काम लिया है
अपनी दशा सोचकर अकसर

हमने कलेजा थाम लिया है
साथी मरता क्या नहीं करता
किस किस पर इल्ज़ाम धरे
जम जम जिए यह प्यारी दुनिया

लेकिन हम बे मौत मरे
अपने पसीने का जम जाना[25]
धन, पूँजी, सरमायादारी
सब अपने ही लहू से पले हैं

सेठ, महाजन, राज अधिकारी
सब अपनी ही घमा घमी है
आए दिन जो माल उड़ते हैं
सब अपनी ही लहर बहर है

अपने लहू से गुलाल उड़ते हैं
हमको निर्धन रख के इन्होंने
पाट लिए हैं अपने ख़ज़ाने
हमें उजाड़ के इन सेठों ने

सजा लिए अपने काशाने[26]
बाग़ में बस इनको ज़हरीले
काँटे बोना आता है
इनके अनर्थ को देख देखकर

साथी रोना आता है
कैसा अपना देस अपना घर
साथी अपना बस है उतना
फटे नाखुनों में जितना है

टुकड़ा भारत की मिट्टी का
पानी में यह आग लगा दें
सेठ, महाजन, एक काइयाँ
जंग की घातें सुलह की बातें

धमा चौकड़ी उड़न घाइयाँ
जब जब जंग छिड़ी देशों में
जो भी पड़ी हम पर ही पड़ी
भुस में चिंगी देकर साथी

देख जमालो दूर खड़ी
अरबों के हैं वारे न्यारे
दाँव भी हैं दोहरे दोहरे
चालें इनकी बाज़ी इनकी

हम हैं बस शतरंज के मोहरे
यह हमसे इनसाफ़ करेंगे
क्या बकते हो ?—राम कहो
इनके बही खाते से हमें क्या

लेना एक न देना दो
ये और उगलें अपना मुनाफ़ा
कह सुनकर सब हार गए
नोटों के, सोने चाँदी के

यह तो पहाड़ डकार गए
नर्म भी पड़के, गर्म भी पड़के
दुनिया को देते हैं भर्रे
यह जीवन का रथ खींचेंगे

राह के अड़ियल, थान के टर्रे
काले रुपयों से[27] बेखटके
भरते गए यह अपनी तिजोरी
सब भौचक्के रह जाते थे

करता कौन है इनसे बरजोरी
यह सब मर्दुमख़ोर हैं साथी
इनके साथ मुरौवत कैसी
यह दुनिया है इनकी मिलकियत

इस दुनिया की ऐसी तैसी
निपटो अब बिफरी जनता से
करनी धरनी लेकर चाटो
मुट्ठी भर भर के दुनिया में

बोई हवा बवंडर काटो
संगीनों से बन्दूक़ों से
तुमने किए हज़ारों वार
बारी है अब मज़दूरों की

"इक कचलोहिया आड़ो हमार" (आल्हा)
दबसठ से कब काम चला है
लोहा ही लोहे को काटे
साथी सुना नहीं क्या तूने

सीधे का मुँह कुत्ता चाटे
खेत्यौनी में खड़ग-खम्ब में

सबमें ब्यापे हम हुशियार
इन्हीं ड्योढ़ियों के खम्बों से

लेंगे हम नरसिंह औतार
बेकारी, भुखमरी, लड़ाई
रिशवत और चोर बाज़ारी
बेबस जनता की यह दुरगत

सबकी जड़ सरमायादारी
ठोकर पर ठोकर खाके भी
अपनी मंज़िल से बेगाने
आँख के अन्धे नाम नयनसुख

हमको चले हैं राह बताने
आज बही खातेवालों से
सदियों का लेखा हम लेंगे
आटे दाल का भाव खुलेगा

जिस दम जमा ख़र्च समझेंगे
लाल, जवाहर, सोना, चाँदी
कोमिंटाँग पर किया निछावर
क्यों न हो ? डालर-साम्राज का

नाच रहा था भूत जो सरपर
उस दौलत से अमरीका का
जोबन और सँवारा होता
आज अमरीका एक ज़माने की

आँखों का तारा होता
बैंकों, मिलों, कारख़ानों को
हम जो हाथों में ले लेते
हुन बरसा देते साथी हम

देश को सोने से मढ़ देते
यू.एन.ओ. में यूनेस्को में[28]
रूस पै दोष लगाते जाओ
करके बेहया तक़रीरें तुम

अपनी झेंप मिटाते जाओ
जापान और पश्छिमी जर्मनी
यूनान, इटली, यूगोसलाविया
कश्मीर और नैपाल और तिब्बत

साउथ कोरिया और मलाया
तोड़ फोड़ में हर्ज नहीं है
कुछ तो करें जब जी ललचाए
चोर अगर चोरी न करे तो

हेराफेरी से भी जाए
चीन को मत तसलीम करो
यारों ने ढब क्या क्या सोचे
ठीक तो है, खिसियानी बिल्ली

कुछ न बने तो खम्बा नोचे
अब फ़ारमूसा पर नज़रें हैं
गो यह जगह है निहायत छोटी
लेकिन अब इसको क्या कीजे

भागे भूत की बहुत लँगोटी
चीन से जब निकले तो तुमने
हिन्दी चीन में[29] टाँग अड़ाई
डट गए नए अखाड़े में तुम

और जो यहाँ भी मुँह की खाई
मार्शल एड, एटलांटिक-पेक्ट
ख़ाने तड़ पड़ भरते जाओ
इसी तरह दुनिया भर में तुम

गड़बड़, सड़बड़ करते जाओ
वाल स्ट्रीट के सट्टे बाज़ो
काँप जाओ इस लशकर से
हिटलर, च्यांग के उड़ा दिए सर

जिसने अपनी ठोकर से
जंग से तुमको लाभ हुआ जो
उसको जोड़ो और शरमाओ
कंठ में अटके जीत के दावे

गिनो अगर तुम रूस के घाव
तुमने हिटलर को शिकस्त दी
कहते शर्म नहीं आती
इतने दाँत तुम्हारे मुँह में

झूठ की आँखें हैं झुक जाती
ज़बरदस्त जर्मन फ़ौजों से
लड़े अकेले तुम या रूस ?
जीते हुए दुशमन को भगाते

बर्लिन पहुँचे तुम या रूस
निगल लिए जाने पर किसने
पेट अजगर का फाड़ दिया है
सबसे पहिले राइचस टाग पर

किसने झंडा गाड़ दिया है
आज रूस फुँक जाने पर भी
पनप उठा है चमक उठा है
तुम पर आँच न आई लेकिन

बाग़ तुम्हारा सूख चला है
दुनिया भर बाज़ार है जिसका
एक मंडी हेरा फेरी की
उस अमरीका की यह हालत

यह बेकारी, धत तेरी की[30]
ठंडी लड़ाई आख़िर कब तक
एक दुनिया से रहेगी जारी
अम्न के सच्चे दिलदारों से

बात न की, तुमने झक मारी
दुम में रस्सा बाँध चुके हैं
ठोकर देंगे, धक्का देंगे
उसी घड़ी हम दम लेंगे जब

चोर को घर तक पहुँचा देंगे
अब क्यों देर लगाएँ साथी

अब तो कमर दुश्मन की ख़म है
आधी दुनिया जीत चुके हैं

अब तो मंज़िल चार क़दम है
दुनिया नई बसाएँगे हम
सुन्दर साज सजा देंगे
धन्ना सेठों के महलों की

ईंट से ईंट बजा देंगे
दुनिया हाथ नहीं आती है
दुनिया ले ली जाती है
क़िस्मत नहीं बदलती साथी

क़िस्मत बदली जाती है
मज़दूरों की दुनिया जागी
कटते कटते रात कटी
वह आकाश कलस हिलते हैं

धरती ने करवट बदली
दुनिया जिसे 'आज' कहती है
संगम कई जुगों का है
बीता हुआ 'कल' औरों का था

आनेवाला 'कल' अपना है
सर्वोदय के सुख सपने में
कौन पुकार रहा है साथी
जीवन सागर नई दिशा में

ठाठें मार रहा है साथी
कोई दिन की बात है साथी
मज़दूर अब मज़दूर नहीं है
जब हो ज़मीं पर अपनी खुदाई

नई दुनिया

साथी वह दिन दूर नहीं है
रूस, चीन की कम्पित किरनें
नव प्रभात की आभा लाईं
नव युग का सन्देशा लाईं

उत्तर, दक्खिन, पूरब, पच्छिम
आगे, पीछे, ऊपर, नीचे
देश देश में दुनिया भर में
तोड़ रही है दम तारीकी[31]

सुर्ख़ सबेरा होने को है
भारत के आकाश पै साथी
उदयाचल की ओट से साथी
वह रक्तिम पौ फूट रही है

अँगड़ाई तोड़ता एशिया
बन्द आँखें मलता अफ़रीक़ा
दमन दलित हबशी अमरीका
गहरी नींद से चौंक उठे हैं

देश देश में महा क्रान्ति की
रनचंडी हुंकार रही है
सौ बल खाती हुई कुचलकर
या नागिन फुफकार रही है

कारीगर, मज़दूर, किसान
कड़ीयल और बिगड़ैल जवान
काँधे से काँधा जोड़ेंगे
दुनिया पर धावा बोलेंगे

धरती का तख़्ता उलटेंगे
दुनिया में सर्वोदय होगा
नया समाज आँखें खोलेगा
नई सभ्यता क़ायम होगी

ज़र्रा ज़र्रा जाग उठेगा
क़तरा क़तरा जाग उठेगा
पत्ता पत्ता जाग उठेगा
बूटा बूटा जाग उठेगा

कोना कोना जाग उठेगा
चप्पा चप्पा जाग उठेगा
तप्पा तप्पा जाग उठेगा
क़स्बा क़स्बा जाग उठेगा

सूबा सूबा जाग उठेगा
दरिया दरिया जाग उठेगा
सहरा सहरा जाग उठेगा
जीवन सपना जाग उठेगा

सन्दर्भ

1. दुनिया की हर एक विनाशकारी शक्ति 2. चोटों 3. पत्थर 4. रेखा 5. चमत्कार 6. मुहम्मद साहब ने एक बार इशारे से चाँद के दो टुकड़े कर दिए थे 7. जादूगर का जादू 8. जड़ 9. तरल 10. शिल्पि कला 11. सभ्यता की आत्मा का जवान होना 12. इतिहासों 13. शाहज़ादी ज़ेबुन्निसा औरंगज़ेब के दरबार में ढाका का आबेरवाँ सात तह करके पहनकर आई थी तब भी औरंगजेब ने कहा था–"बेटी तुम नंगी हो" 14. कलाकारी 15. चक्रवर्ती राजा केकाउस और शाह बहराम के राजमहल 16. इलियम–ट्राय नगर का एक नाम इलियम भी है। पीसा नगर इटली में है जहाँ का तिरछा मीनार मशहूर है 17. कहा जाता है कि अब से कई हज़ार बरस पहले इटली में रूम सागर के तट पर इटलांटिस नामी एक बहुत बड़ा नगर बसा हुआ था, जो अचानक रूम सागर में डूब गया 18. बैंकाक 19. रूस में नेपर नदी के बाँध पर पानी का सबसे बड़ा ख़ज़ाना 20 ताल सम 21.नक्षत्रों 22. स्वर्गीय संगीत 23. वायुमंडल 24. हवाई जहाज़ों 25. "Capital is congealed labour" —Marx. 26. बड़े बड़े घर या महल 27. Black money 28. UNESCO 29. Indo-China 30. इस समय अमरीका में एक करोड़ मज़दूर बेकार हैं 31. अन्धकार।

अमरीकी बंजारानामा

महाकवि नज़ीर अकबराबादी की वह देश-प्रसिद्ध कविता जिसका शीर्षक है 'बंजारानामा' हिन्दी के हज़ारों पाठकों ने पढ़ी या सुनी होगी। नज़ीर ने अब से डेढ़ सौ वर्ष पहले व्यापारियों को धन लोलुपता से बचाने के लिए अपनी इस कविता की रचना की थी जिसमें टेक का बन्द है "सब ठाठ पड़ा रह जाएगा जब लाद चलेगा बंजारा" अर्थात् ऐ बंजारे जब मौत का बंजारा तेरी लाश को अपने कन्धों पर लाद चलेगा तब सब ठाठ पड़ा रह जाएगा। आज अमरीका का पूँजीवाद संसार का सबसे बड़ा बंजारा है जो सारी दुनिया को अपनी मंडी बनाने के लिए प्रयत्न कर रहा है। इस कविता में अमरीका के बंजारे का बंजारानामा लिखा गया है। देखिए इस बंजारे के व्यापार का चित्रण कैसा हुआ है।

(1)

ओ अमरीका के बंजारे ! क्यों देस बिदेस फिरे मारा
क़ज़्ज़ाक़[1] अजलका[2] लूटे है दिन रात बजाकर नक़्क़ारा
क्या लशकर बेड़े सबमेरीन क्या तय्यारा[3] क्या गुब्बारा
क्या तोप टैंक ज़हरीले गैस ग्रिनेड[4] धुआँ और अंगारा
बजता है मौत का नक़्क़ारा[5] होता है तेरा वारा न्यारा
सब ठाट पड़ा रह जाएगा जब लाद चलेगा बंजारा

(2)

क्यों ख़ून से सारे आलम[6] के तू अपना दिया जलाता है
क्यों मौत के इन हथियारों को अपना ब्योपार बनाता है
यह मंडी मंडी दूकाँ दूकाँ क्यों तू आग बिछाता है
खुद घर के चिराग़ से बंजारे, सुनते हैं कि घर फुँक जाता है

यह एटम बम हाइड्रोजन बम कर देंगे तेरा निबटारा
सब ठाट पड़ा रह जाएगा जब लाद चलेगा बंजारा

(3)

यह दुनिया भर में कैसा ताना बाना फैला रक्खा है
किस नाते दुनिया भर में अपना हिस्सा बख़रा[7] रक्खा है
क्यों देश देश के कारबार में अपना साझा रक्खा है
इन चालों से क्या मिल जाएगा इन बातों में क्या रक्खा है
बस दो दिन का ये लेन देन यह लेखा जोखा है सारा
सब ठाट पड़ा रह जाएगा जब लाद चलेगा बंजारा

(4)

हिटलर मुसोलिनी टोजो का जो हश्र[8] हुआ वो देख लिया
इंगलैंड में हो या फ्रांस में हो मग़रिब[9] हो कि मशरिक़[10] का ख़ित्ता[11]
अब ऊँचे सुरों में सरमाए का राग सुनाई नहीं देता
इस साज़ पर ऐसी चोट पड़ी जैसे फट जाए हर परदा
पूँजी का पियानो टूट चुका अब हाथ में ले ले इकतारा
सब ठाट पड़ा रह जाएगा जब लाद चलेगा बंजारा

(5)

यह मोटर जीप रेमिंगटन पारकर ब्लेड जहाज़ सर-ओ-सामाँ[12]
यह लोहा लंगर टीन रबर पेट्रोल केरोसिन गैस धुआँ
बिजली के खिलौने लट्टू बाजे गेंद ताश गुड्डे गुड़ियाँ
जब मौत बढ़ाएगी तेरी दुकाँ कुछ भी पल्ले न पड़ेगा मियाँ
सब माल धरा रह जाएगा जब पैके-अजलने[13] ललकारा
सब ठाट पड़ा रह जाएगा जब लाद चलेगा बंजारा

(6)

यह लिप्सटिक पाउडर सास[14] पिकिल[15] यह पशमीने यह क़ीमती फ़र
नंगी तस्वीरों के एलबम ज़हरीला जिन्सी लिटरेचर[16]
और हालीवुड की फ़िल्मों का वह गंदा सड़ा गला कलचर
अमरीकी तर्ज़ ज़िन्दगी का यह टीम टाम यह कर्रोफ़र[17]

हर गुनहगार का मौत के हाथों हो जाता है निस्तारा
सब ठाट पड़ा रह जाएगा जब लाद चलेगा बंजारा

(7)

क्या कोकाकोला, मारगेरीन क्या एग पाउडर क्या चाट चसक
क्या नाइट क्लब क्या नारकोटिक[18] अफ़यूँका धुआँ कोकीन मदक
क्या टर्टिल सूप[19] और क्या सासेज[20] क्या बेकन पोर्क[21], शराब गज़क[22]
क्या तहज़ीब ऐसी चटोरी भी क्या तड़क भड़क क्या चटक मटक
इस अगड़म बगड़म खाने पीने ने है बे मौत तुझे मारा
सब ठाट पड़ा रह जाएगा जब लाद चलेगा बंजारा

(8)

सोज़ाक आतशक घेंगा चेचक हैज़ा प्लेग महामारी
कोढ़ कंठमाला सरतान जलंधर दिक़ सूखाहारी
हर क़ौम तेरी इन सौग़ातों[23] से है अब जीने से आरी[24]
ले तेरे भी दिन आ पहुँचे हुशियार ! ओ मौत के ब्योपारी
अब बिफरी[25] हुई दुनिया का बराबर चढ़ता जाता है पारा
सब ठाट पड़ा रह जाएगा जब लाद चलेगा बंजारा

(9)

दुनिया में हश्र[26] उठा रक्खा है ज़ालिम तेरी सियासत ने
दुनिया को सिरे से लूट रखा है ज़ालिम तेरी तिजारत ने
दुनिया को भूखा मार रखा है ज़ालिम तेरी कफ़ालत[27] ने
दुनिया को ज़लील बना रक्खा है ज़ालिम तेरी ज़लालत ने
एक दिन दुनिया को लूटने का मिट जाएगा तेरा ब्योपारा
सब ठाट पड़ा रह जाएगा जब लाद चलेगा बंजारा

(10)

यह नीग्रो बेटिंग और लिन्चिंग[28] तेरे किरदार[29] में शामिल हैं
माओं बहनों बच्चों के लहू इस कारोबार में शामिल हैं
यह क़त्ल-ओ-ग़ारत डाकाज़नी तेरे ब्योहार में शामिल हैं
शैतान भी जिन पापों से डरे तेरे अतवार[30] में शामिल हैं

अब मौत की देवी लेनेवाली है तेरे लहू का चटख़ारा
सब ठाट पड़ा रह जाएगा जब लाद चलेगा बंजारा

(11)

क्या रूस है ऐसा बंजारा ? सामान तो उसके पास भी है
क्या चीन है ऐसा बंजारा ? उससे दुनिया को आस भी है
सनअत[31] हिरफ़त[32] दौलत इज़्ज़त नवजनतन्त्रों[33] का रास[34] भी है
कसबल[35] इन सब में है लेकिन क्या इनसे किसी को ह्रास[36] भी है
एक रोज़ अजलके हाथों कहीं खुल जाए न भेद भरम सारा
सब ठाट पड़ा रह जाएगा जब लाद चलेगा बंजारा

(12)

सुन ओ अमरीकी बंजारे ! संसार तेरी दूकान नहीं
रूसी चीनी भी ताजिर[37] हैं, इनसान हैं वो शैतान नहीं
है जिनसे उनका कारबार जानें उनकी हलकान[38] नहीं
यह तेरी समझ में आ जाए क्या इसका कोई इमकान नहीं
डाके से कोई दुनिया में फला ? चोरी से किसी को हुआ वारा[39]
सब ठाट पड़ा रह जाएगा जब लाद चलेगा बंजारा

(13)

तू हिन्दुस्तान और पाकिस्तान को नरक बनाकर छोड़ेगा
चल जाएँ अगर तेरी चालें दोनों को मिटाकर छोड़ेगा
दोनों को उजाड़ के छोड़ेगा वीरान बनाकर छोड़ेगा
दोनों को चबाकर छोड़ेगा दोनों को खाकर छोड़ेगा
लेकिन ये निवाले[40] बन जाएँगे तेरे लिए संगे-ख़ारा[41]
सब ठाट पड़ा रह जाएगा जब लाद चलेगा बंजारा

(14)

जिन क़ौमों का तू मददगार बनता है क्या तू उनके यहाँ
भारी भारी फ़ैक्टरियों के बनने का दिल से है ख़्वाहाँ[42]
जिन मुल्कों का तू ठेकेदार बनता है ऐ दल्लाले-जहाँ
उनमें भी दौलत बरस पड़े इस बात की तुझको फ़िक्र कहाँ

ऐ अपने दोस्तों के दुशमन ले मौत ने वह फन्दा मारा
सब ठाट पड़ा रह जाएगा जब लाद चलेगा बंजारा

(15)

क़त्ताले-कोरिया[43] याद रहे जब फ़ैसले का वक़्त आएगा
तारीख़ का सबसे बड़ा मुजरिम इनसाफ़ तुझे ठहराएगा
इनसान बयक-आवाज़[44] तेरा हर जुल्म-ओ-सितम गिनवाएगा
अपने करतूत याद करके तू पीट के सर पछताएगा
जो मौत के मुँह पर चढ़ जाए इसका भी किसी में है यारा
सब ठाट पड़ा रह जाएगा जब लाद चलेगा बंजारा

(16)

जापान कोरिया चीन मलाया इन्डोनीशिया और बरमा
यूनान मिस्र कशमीर और तिब्बत यूगोस्लेविया आस्ट्रेलिया
फ़िलस्तीन ईरान सीरिया योरप एशिया अफ़रीक़ा
किस किस पर आँखें हैं तेरी कुछ लालच की हद है बाबा
दो गज़ ही कफ़न हाथ आएगा गो दुनिया दुनिया सर मारा
सब ठाट पड़ा रह जाएगा जब लाद चलेगा बंजारा

(17)

दिन रात वही डालर डालर कब तक इस धुन में मरो बाबा
कब तक इस ग़म में घुलो बाबा कब तक यह ध्यान धरो बाबा
कुछ सोचो समझो ग़ौर करो कुछ अपने जी में डरो बाबा
"अब मौत नक़्क़ारा बाज चुका चलने की फ़िक्र करो बाबा"
उठ जाना है तुमको दुनिया से डालर का फेंक के पुश्तारा[45]
सब ठाट पड़ा रह जाएगा जब लाद चलेगा बंजारा

(18)

बंजारे ! मशरिक़ मग़रिब को अपना ही दुख क्या थोड़ा है
रिजवे, डल्लेस, आइज़न हावर बटमारों[46] को किस पर छोड़ा है
क्या दुनिया भर को लूट के अब भी कारबार का तोड़ा है
कुछ रोज़ उसे कर ज़हरमार[47] दुनिया का लहू जो निचोड़ा है

जमहूरे-जहाँ[48] इन तेरे पिट्ठुओं को कर देंगे नाकारा[49]
सब ठाट पड़ा रह जाएगा जब लाद चलेगा बंजारा

(19)

ये यू.एन.ओ. में ऐय्यारी यह फोड़ फाँस यह दग़ल-फ़सल[50]
ये हिफ़्ज़े-अमन[51] के पाकीज़ा राज़ीनामे में रद्दोबदल
यह बैनुलअक़वामी[52] साज़िश यह तानाशाही छल बल कल
यह आग धुआँ यह चिनगारी यह तीसरी जंग के दल बादल
पैग़ामे-अजल है तेरे लिए बजता हुआ अम्न का नक़्क़ारा
सब ठाट पड़ा रह जाएगा जब लाद चलेगा बंजारा

(20)

यह मारशल एड, यह पैसफ़िक एड, यह लेन देन रिश्ता नाता
और बैनुलक़ौमी बैंक का वो शैतान की आँत बही खाता
यह डालर साम्राज का एहसाँ अब तो उठाया नहीं जाता
दुनिया को उसके हाल पै छोड़ अब ओ दुनिया के अन्नदाता
तुझको भी एक दिन ले डूबेगी क़र्ज़ की यह बढ़ती धारा
सब ठाट पड़ा रह जाएगा जब लाद चलेगा बंजारा

(21)

उलटेंगी तेरी सब तदबीरें पलटेंगी जहाँ की तक़दीरें
क्या थाम सकेंगी ताज़ीरें[53] क्या रोक सकेंगी ज़ंजीरें
टूटेगा ये मौत का सन्नाटा जब बोल उठेंगी तसवीरें
एक दिन छिन जाएँगी तुझसे तेरी संगीनें शमशीरें
भूखी और नंगी जनता को वह देख अजल ने सनकारा
सब ठाट पड़ा रह जाएगा जब लाद चलेगा बंजारा

(22)

दी तरह[54] बहुत दुनिया भर के मज़दूरों और किसानों ने
की तेरी बिदअतों[55] पर हैरत दीवानों ने फ़रज़ानों[56] ने
घायल सीनों में ज़ोर भरा फिर ख़ून हुए अरमानों ने
ओ पैंतरेबाज़ अब देखेगा कि सताए हुए इनसानों ने

दुनिया के अखाड़े में तुझको एक रोज़ उठा के दे मारा
सब ठाट पड़ा रह जाएगा जब लाद चलेगा बंजारा

(23)

जो बात बनाई थी तूने वह बात बिगड़नेवाली है
जो बज़्म[57] जमाई थी तूने वह बज़्म उखड़नेवाली है
अब लुटे हुए हाथों की बग़ावत ज़ोर पकड़नेवाली है
बंजारे सर की ख़ैर मना बे भाव की पड़नेवाली है
तारे नज़र आएँगे दिन को जब सर पै बजेगा नक़्क़ारा
सब ठाट पड़ा रह जाएगा जब लाद चलेगा बंजारा

(24)

दुनिया को बनामे-आज़ादी तूने दिए ग़च्चे पर ग़च्चे
दुनिया भर से आज़ादी के वादे हैं तेरे झूटे सच्चे
जो आ जाएँ भर्रों[58] में तेरे अब लोग नहीं ऐसे कच्चे
क्या मर्गे-कोरिया[59] आज़ादी है ओ आज़ादी के बच्चे
अब क़ैदे-ज़िन्दगी से तुझको यह दुनिया देगी छुटकारा
सब ठाट पड़ा रह जाएगा जब लाद चलेगा बंजारा

(25)

एटम बम चीन पै फेंकोगे ? बढ़ बढ़ के बोलना क्यों बाबा
इस विश्व-शान्ति के सागर में यूँ जहर घोलना क्यों बाबा
जीवन बाज़ार में मौत की यह दूकान खोलना क्यों बाबा
तहज़ीब की फूल सी क़दरों[60] को काँटों में तोलना क्यों बाबा
डालर की मकर चाँदनी दो दिन फिर अँधियारा पखवारा
सब ठाट पड़ा रह जाएगा जब लाद चलेगा बंजारा

(26)

बाज़ारे-जहाँ में देखें कब तक मची रहे यह लेव देव
दुनिया के गले का फन्दा कब तक तेरे क़र्ज़ों की जनेव[61]
दुनिया को मिटाने की धमकी, यह दया भाव यह महासेव[62]
तेरा ही एटम बम कर दे सर पर तेरे बम महादेव

वह दिन लद गए कि फिरे ऐंठता, कोई ज़ालिम हत्यारा
सब ठाट पड़ा रह जाएगा जब लाद चलेगा बंजारा

(27)

चिंगारियाँ उड़ती हैं तेरी शरारत पर जनता की आँखों से
बारूद की बू आती है बराबर अब जनता की साँसों से
हुशियार ! टपकता है अब और ही कुछ जनता की बातों से
खुद मौत की आँख झपक जाती है अब जनता की निगाहों से
वह झलका सब्र का पैमाना, तारीख़ ने वो छापा मारा
सब ठाट पड़ा रह जाएगा जब लाद चलेगा बंजारा

(28)

वह देख कि अब दुनिया भर में मज़लूमों के दल सजते हैं
वह सुन कि सताए हुए तेरे शेरों की तरह गरजते हैं
ग़ुस्से से वह चेहरे दमकते हैं शोलों से वह सीने मँजते हैं
वह बाग़ियों के लश्कर में कहीं अब कूच के डंके बजते हैं
वह उड़े शरर[63] वह इनक़लाब के काले नाग ने फुनकारा
सब ठाट पड़ा रह जाएगा जब लाद चलेगा बंजारा

(29)

मैं वाल-स्ट्रीट के सट्टेबाज़ों का असली रूप दिखाता हूँ
इस हुक्मरान तबक़े के रुख़ से आज नक़ाब[64] उठाता हूँ
दुनिया भर में इस फैले हुए ख़तरे से तुम्हें चौंकाता हूँ
अमरीकी बंजारानामा गा गाके 'फ़िराक़' सुनाता हूँ
सब मिल के लगाओ देश देश में जनता की जय का नारा
सब ठाट पड़ा रह जाएगा जब लाद चलेगा बंजारा

सन्दर्भ

1. डाकू 2. मौत 3. हवाई जहाज़ 4. छोटा बम 5 नगाड़ा 6. दुनिया 7. हिस्सा 8. नतीजा 9. पश्चिम 10. पूरब 11. इलाक़ा 12. सामान 13. मौत का फ़रिश्ता 14. एक तरह की चटनी 15. विलायती अचार 16. कामवासन-साहित्य 17. शान-शौकत 18. एक नशा 19. कछुवे का

शोरबा 20. एक विलायती खाना 21. सुअर का गोश्त 22. शराब के साथ का खाना 23. तोहफ़ा 24. बेज़ार 25. नाराज़ और बेचैन 26. क़यामत 27. मदद (मार्शल एड) 28. नीग्रो बेटिंग और लिन्चिंग–किसी काले नीग्रो को किसी भी झूठे सच्चे इलज़ाम में पकड़कर मार डालने या जला देने का रिवाज 29. चरित्र 30. ढंग 31,32. उद्योग धन्धे 33. योरप की नई लोकशाहियाँ 34. रास–मुआफ़िक़ 35. ताक़त 36. डर 37. ब्योपारी 38. परेशान 39. फ़ायदा 40. कौर 41. सख़्त पत्थर 42. इच्छुक 43. कोरिया का हत्यारा 44. एक आवाज़ से 45. पीठ का बोझ 46. रास्ते का डाकू 47. हज़्म करना 48. दुनिया की जनता 49. निकम्मा 50. किसी को लड़ा देना, किसी को फँसा देना 51. शान्ति रक्षा 52. अन्तर्राष्ट्रीय 53. सज़ाएँ 54. मौक़ा देना 55. नई नाजायज़ बातों 56. अक़्लमंदों 57. महफ़िल 58. बहकाने में 59. कोरिया की मौत 60. मूल्यों, मानों 61. हिन्दुओं के जनेऊ में तीन धागे तीन क़र्ज़ों की अलामत होते हैं–माता-पिता का क़र्ज़, गुरु का क़र्ज़ और ईश्वर का क़र्ज़ 62. सेवा 63. चिनगारियाँ 64. पर्दा।

डालर देस

अमरीकी बंजारानामा के ही विषय को कुछ वर्णन शैली बदलकर इस कविता में भी व्यक्त किया गया है। इस कविता में अमरीकी बंजारे के घर या देश में हम पाठकों को ले चलते हैं और हर पद में अमरीका की सैर कराते हैं। यहाँ भी कल्पना और वर्णन को अत्यन्त साधारण स्तर पर रखा गया है। यह कविता भी उसी तरह बहुत उतरकर कही गई है जैसे अमरीकी बंजारानामा लेकिन इस कविता का विषय 'बंजारा' नहीं है 'बंजारे' का देश है इसलिए कई नई बातें नए दृश्य और नई संस्थाओं की तस्वीरें इस कविता में खींची गई हैं।

(1)

है रंग बिरंग वहाँ जीवन हम डालर देस को देख आए
वह हरा भरा दौलत का चमन हम डालर देस को देख आए
खाने के मज़े कपड़ों की फबन हम डालर देस को देख आए
कोऊ काहू में मगन, कोऊ काहू में मगन हम डालर देस को देख आए
हम डालर देस को देख आए हम डालर देस को देख आए

(2)

वह रातों को भी दिन का समाँ वह दूकानें जगमग जगमग
वह रेल पेल मोटरकारों की हर ड्राइवर हुशियार सजग
वह रुकती बढ़ती हुई ट्रैफ़िक[1] वह दब जाने का डर पग पग
बाज़ारों का हंगामा जुदा घटों भोंपू का शोर अलग
हम डालर देस को देख आए हम डालर देस को देख आए

(3)

वह लक़ दक़ साठ मंजिल बातें आसमान से करते हुए
हर मंजिल एक दुनिया जिस पर सौ वह्म-ओ-गुमान[2] गुज़रते हुए
वह घनघनाहटें लिफ़्टों[3] की रह रहकर चढ़ते उतरते हुए
अरबों खरबों के कारबार दिन रात बिगड़ते सँवरते हुए
हम डालर देस को देख आए हम डालर देस को देख आए

(4)

भक्तों को सुनाई दे जाती है गिरधर की मुरली की भनक
ज़िन्दानों[4] में रह रहकर क़ैदी सुनते हैं ज़ंजीरों की छनक
कान आहट पर रखकर प्रेमी सुन लेते हैं नूपुर की झनक
दिल की धड़कन से आती है हर कान में याँ डालर की खनक
हम डालर देस को देख आए हम डालर देस को देख आए

(5)

बाजे गाजे का राग भी है और बाल डान्स[5] का रंग भी है
ईजादों की भरमार भी है, विज्ञान, कला, गुन ढंग भी है
कुछ दान पुन्न का स्वाँग भी है, उपदेश पाठ सत्संग भी है
और इनके अलावा भी कुछ बातें हैं जिनसे दुनिया दंग भी है
हम डालर देस को देख आए हम डालर देस को देख आए

(6)

दुनिया भर से सट्टा बट्टा, दुनिया भर से ब्योपार भी है
दुनिया भर पर है दया भाव, दुनिया भर पर उपकार भी है
सबके हक़ का दल्लाल भी है, आज़ादी का ठीकेदार भी है
इस सेवा भाव के सदक़े में दुनिया का बंटाधार भी है
हम डालर देस को देख आए हम डालर देस को देख आए

(7)

स्कूलों कालिजों यूनिवर्सिटियों की न वहाँ क़िल्लत[6] न कमी
वह तहरीरों की नोक झोंक तक़रीरों की गरमा गरमी
वह लेक्चर हालों की भीड़ भाड़ वह पारटियों में घमाघमी

दुनिया भर की ऐसी तैसी वह राजनीति में हठ धरमी
हम डालर देस को देख आए हम डालर देस को देख आए

(8)

वह हालीवुड का परिस्तान वह फ़िल्मों की झलका झलकी
वह नर्म गुलाबी मुस्कराहटें आँखों में हलकी हलकी
वह नोक पलक वह हर मूरत जोबन रस से छलकी छलकी
वह ऐक्टरों की लपक झपक वह एक्ट्रेसें छलबल कलकी
हम डालर देस को देख आए हम डालर देस को देख आए

(9)

वह बहरी बेड़े[7] जल थल जोत के रख देने के चक्कर में
वह वायुयान मँडलाते हुए आकाशों के भवसागर में
वह उड़न क़िले जो अंगारे बरसा जाएँ दुनिया भर में
वह बम्बारों[8] के दल बादल जो आग लगा दें घर घर में
हम डालर देस को देख आए हम डालर देस को देख आए

(10)

वह भारी टैंक जो हफ़्तख़्वान[9] तय कर डालें बेख़ौफ़-ओ-ख़तर
वह आर्टिलरी[10] फ़ौलाद आग का बढ़ता हुआ गहन गिरिवर
वह तोपें जिनकी बाढ़ों से बन जाएँ चटानों में सरोवर
वह दुनिया भर की मौत का सामाँ आफ़त ग़ारत फ़ितना-ओ-शर[11]
हम डालर देस को देख आए हम डालर देस को देख आए

(11)

दुनिया भर को बरबाद करे दुनिया भर का निर्माता भी
दुनिया भर का विद्रोही भी दुनिया भर का निज भ्राता भी
दुनिया भर को भूखा मारे दुनिया भर का अन्नदाता भी
दुनिया भर में ख़ैरात करे दुनिया भर पर ललचाता भी
हम डालर देस को देख आए हम डालर देस को देख आए

(12)

इस देस में डालर के सेठों के दिल की कली कब फूटती है
जब उनकी तिजारत दुनिया भर को एक भाव से लूटती है
रुपए में तीन अठन्नी भुनाने की आदत कब छूटती है
सोने पर सोना गिरता है माया पर माया टूटती है
हम डालर देस को देख आए हम डालर देस को देख आए

(13)

रिश्वत धमकी और क़त्ल से भी याँ अपना काम चलाते हैं
लिन्चिंग क्या है गोरे मिलकर हबशियों को ज़िन्दा जलाते हैं
इन जुर्मों में याँ बड़े बड़े सज्जनगन हाथ बटाते हैं
और इस कोढ़ी तहज़ीब पै ये इस दरजा नाज़ फ़रमाते हैं
हम डालर देस को देख आए हम डालर देस को देख आए

(14)

इस गैंग्स्टर[12] तर्ज़े-ज़िन्दगी से अब दुनिया भर को ख़तरा है
इस गैंग्स्टर राजनीत से अब दुनिया में क़ियामत बरपा है
इस गैंग्स्टर चील झपट्टे ने सारे संसार को लूटा है
इस गैंग्स्टर सट्टे बट्टे ने दुनिया को नरक बनाया है
हम डालर देस को देख आए हम डालर देस को देख आए

(15)

ए के मानी हैं ऐटम बम, एच का मतलब हाइड्रोजन बम
बच्चों के ककहरों को देखो खुल जाएगा सारा भेद भरम
स्कूलों घरों दफ़्तरों बाज़ारों में मचा है एक उधम
ले देके यहाँ वालों के लिए बस मारकाट है धरम करम
हम डालर देस को देख आए हम डालर देस को देख आए

(16)

आज़ादी दया धरम इन्साफ़ की इस तकज़ीब[13] को क्या कहिए
यू.एन.ओ. में 'आज़ाद' गुलामों की तरतीब को क्या कहिए
इन्सानी कारबार में शैतानी तरकीब को क्या कहिए

जो डस ले रहती दुनिया को ऐसी तहज़ीब को क्या कहिए
हम डालर देस को देख आए हम डालर देस को देख आए

(17)

याँ लोग हैं अपने अपने लिए याँ कोई किसी का हई नहीं
यह बात कान में पड़ी नहीं यह ख़बर उन्होंने सुनी नहीं
तारीख़ उस मोड़ पै है कि जहाँ गुंजायश इसकी रही नहीं
जो काम करें वह भूखों मरें बेकारों की कोई कमी नहीं
हम डालर देस को देख आए हम डालर देस को देख आए

(18)

कुल इन्सानों को चन्द इनसान मोल ले लें बेदाम दरम
इनसान इनसान का साथी है इनसान इनसान का है हमदम[14]
इसको ये बताते हैं धोखा यह कहते हैं इसको महाभरम
खुदग़रजी इस तहज़ीब की जड़ बेदर्दी बुनियादे-महकम[15]
हम डालर देस को देख आए हम डालर देस को देख आए

(19)

दुनिया भर का ब्योपार मिटाकर खुद ब्योपारी बन बैठा
सच्ची झूटी मूरत गढ़कर दुनिया का पुजारी बन बैठा
इनसाँ[16] को सुअरों का चारा देकर भंडारी बन बैठा
बन्दर को मिली हलदी की गिरह फ़ौरन पंसारी बन बैठा
हम डालर देस को देख आए हम डालर देस को देख आए

(20)

सरसे क़दम तक मोहलिक हरबे[17] एक सिपाही सौ हथियार
यह दुनिया का पालनहार यह तहज़ीब का ठेकेदार
टैंक तोप बारूद बनाना उसका सबसे बड़ा ब्योपार
नक़्दी लेकर मौत बेचना सबसे चोखा कारोबार
हम डालर देस को देख आए हम डालर देस को देख आए

(21)

गर बातें इनकी बन जाएँ गर घातें इनकी चल जाएँ
दुनिया को साफ़ निगल जाएँ, धरती पै हुकूमत फ़रमाएँ
इस देस के करता धरता अपना काम जो पूरा कर पाएँ
दुनिया भर पर एक रोज़ सितारे और धारियाँ लहराएँ
हम डालर देस को देख आए हम डालर देस को देख आए

(22)

वह वाल-स्ट्रीट का सट्टा खाना व्हाइट हाउस का साज़िश घर
वह दल्लाली के दाँव-पेंच वह डिप्लोमेसी के छू मन्तर
वह लूटालूट तिजारत में वह प्रजातन्त्र का आडम्बर
वह लेन देन की धूमधाम वह राजनीति की अगर मगर
हम डालर देस को देख आए हम डालर देस को देख आए

(23)

इस वाल-स्ट्रीट में दुनिया का दीवाला बोला जाता है
जो लुटवा दे जो बिकवा दे वह खाता खोला करता है
इस व्हाइट हाउस में सबकी दुखती रगों को टटोला जाता है
सरकारों मुल्कों क़ौमों को काँटों में तोला जाता है
हम डालर देस को देख आए हम डालर देस को देख आए

(24)

उस देस में सबसे बड़ा अपराध है चीन रूस से हमदर्दी
इससे भी बड़ा जुर्म है अम्ने-आलमका[18] होना हामी[19]
और ऐटम बम के ख़िलाफ़ तो जिसने भूले से एक बात कही
उसने तो बैठे बिठाए मोल एक आफ़त अपने सर ले ली
हम डालर देस को देख आए हम डालर देस को देख आए

(25)

सोलह करोड़ में एक करोड़ को मज़दूरी या काम नहीं
यानी कम से कम तीन करोड़[20] को चैन नहीं आराम नहीं
या आलम है तो कैसे कहिए जीना उन पै हराम नहीं

जीवन का सहारा टूट चला है सुबह नहीं या शाम नहीं
हम डालर देस को देख आए हम डालर देस को देख आए

(26)

यह सब मुजस्समा[21] आज़ादी का देखते होंगे किस दिल से
यह महास्मारक[22] देख के आँसू पीते होंगे किस दिल से
आज़ादी का दिन भूखे नंगे मनाते होंगे किस दिल से
यह मरते होंगे किस दिल से ये जीते होंगे किस दिल से
हम डालर देस को देख आए हम डालर देस को देख आए

(27)

विज्ञान की चंचल उँगलियों ने बिजली की रगों को छेड़ा है
आकाशों में इस उड़ती हुई नागिन के फनों को छेड़ा है
चिर अन्धकार के सागर की बेकल लहरों को छेड़ा है
जो फूँक के रख दें जल थल को ऐसी किरनों को छेड़ा है
हम डालर देस को देख आए हम डालर देस को देख आए

(28)

लोहे बिजली को बस में किया खुद को बस में ला ही न सकी
इनसान को काम में लाई मगर इनसान के काम आ ही न सकी
हाथों को गरमाया लेकिन सीनों को गरमा ही न सकी
यह बटन दबानेवाली सभ्यता दिल का बटन पा ही न सकी
हम डालर देस को देख आए हम डालर देस को देख आए

(29)

बम ढालनेवालों को मानवता के साँचे में ढलना आए
इन बेचैनों की विश्व-शान्ति की गोदी में पलना आए
मँडलाती हुई इस तीसरी जंग की आई को टलना आए
ऐ काश ज़मीं पर इनसानों को सहज सहज चलना आए
हम डालर देस को देख आए हम डालर देस को देख आए

सन्दर्भ

1. सवारियाँ और सड़क की भीड़ 2. ख़याल विचार 3. बिजली से चढ़ने-उतरनेवाली मशीन 4. जेलों 5. अंगरेज़ी नाच जिसमें औरत मर्द मिलकर नाचते हैं 6. कमी 7. समुन्दरी बेड़े 8. बम बरसानेवाले 9. रुस्तम को उसकी बहादुरी का इम्तहान लेने के लिए सात कठिन से कठिन काम सौंपे गए थे 10. तोपख़ाना 11. ख़राबी, बरबादी 12. लुटेरों, डाकुओं के गिरोह से सम्बन्ध रखनेवाले 13. तकज़ीब–झुठलाना 14. साथी 15. मज़बूत नींव 16. माइलो–एक बहुत घटिया अनाज जो अमरीका में सुअरों को खिलाया जाता है। हिन्दुस्तान में अनाज की कमी पूरी करने के लिए करोड़ों रुपए का माइलो अमरीका ने भेजा है 17. घातक हथियार 18. विश्व शान्ति 19. समर्थक 20. एक करोड़ बेरोजगारों के बाल-बच्चे मिलकर कम से कम तीन करोड़ होंगे 21. मूरत 22. महास्मारक।

रोटियाँ

ऐसे लोगों की संख्या थोड़ी नहीं है जो मार्क्सवाद और मार्क्सवाद के आधार पर रूस और चीन में जो महाक्रान्तियाँ हुई हैं और जो नई सभ्यता स्थापित हुई है उसके सम्बन्ध में यह शंका करते हैं कि यहाँ खाने-कमाने के अतिरिक्त जीवन का कोई ऊँचा आदर्श नहीं है। ऐसे लोग यह सोचना भूल जाते हैं कि दुनिया की एक तिहाई आबादी सदियों की अत्याचारपूर्ण प्रथा और संसार भर की स्वार्थी और शोषक शक्तियों पर बिना नैतिक बल और आत्मबल के विजय-प्राप्त नहीं कर सकती थीं। परस्पर शोषण मिटाकर और किसी दूसरी जाति को ग़ुलाम बनाए बग़ैर दुनिया की एक तिहाई आबादी का अपने को सम्पन्न बनाना और दुःख-दारिद्र्य को दूर कर देना मामूली नैतिक या आत्मिक कारनामा नहीं है। विज्ञान, दर्शन, साहित्य और समस्त कलाएँ और विद्याएँ प्राप्त किए बिना साधन और तपस्या के बिना ज़िन्दगी के रेगिस्तान को लहलहाता हुआ बाग़ नहीं बनाया जा सकता। आज चीन और रूस एक विराट नैतिक शक्ति न होते तो अब तक साम्राज्यवादियों ने तीसरा महायुद्ध छेड़ दिया होता।

चीन और रूस ने क्या किया और हम क्या कर रहे हैं इस अन्तर को इस कविता में दर्शाया गया है। मुफ़्तखोर के लिए रोटियाँ भले ही तुच्छ हों लेकिन करोड़ों श्रमजीवियों को रोटियाँ मिलना एक ऐसा महान् रहस्य है जिसमें सभ्यता और संस्कृति के समस्त मान झलकते हुए नज़र आएँगे।

तू कहता है रोटी ही सब कुछ नहीं है
अटल तेरा रूहानियत[1] पर यक़ीं है
वहाँ आत्मसिद्धी धरम है न दीं है
रशा चीन में नूरे-इरफ़ाँ[2] कहीं है

तू कहता है वाँ आदमीयत नहीं है
मुहब्बत नहीं है शराफ़त नहीं है
वहाँ ज़िन्दगी की लताफ़त नहीं है
बड़ी चीजों की क़द्रो क़ीमत नहीं है

न आला ख़याली न शाने जमाली[3]
न विजदानियत[4] नै हक़ीक़तशनासी[5]
कमी है वहाँ आज रूहानियत की
वहाँ कुछ अगर है तो रोटी ही रोटी

मगर तूने रोटी का मतलब भी समझा
कभी इसका रूहानी पहलू भी समझा
कभी तूने रोटी की क़ूवत[6] को जाँचा
कभी तूने रोटी की अज़्मत[7] को परखा
ये माना कि रोटी ही सब कुछ नहीं है

यही चीन और रूस है बात कल की
थे वो देस शरमाते जिनसे नरक भी
न इज़्ज़त न दौलत न कपड़ा न रोटी
न इल्म और हिकमत[8] दिया था न बत्ती
ये माना कि रोटी ही सब कुछ नहीं है

इधर ज़िन्दगी ख़ाक-ओ-ख़ूँ में नहाती
उधर मुँह पै थीं मक्खियाँ भनभनाती
यहाँ ज़ीस्त[9] ठोकर पै ठोकर थी खाती
न जीते बन आती न मरते बन आती
ये माना कि रोटी ही सब कुछ नहीं है

यहाँ ज़िन्दगी मौत से भी थी बदतर[10]
बनाया था नाकामियों ने यहाँ घर
यहाँ हर मरज़ ने जमाया था बिस्तर
हुआ जाता था हाल अबतर से अबतर
ये माना कि रोटी ही सब कुछ नहीं है

ये थी भिक्षुओं पादरियों की दुनिया
ये थी बेबसों भूखे नंगों की दुनिया
नशेबाज़ों अफ़्यूनचीयों की दुनिया
जहालत फ़लाकत[11] के मारों की दुनिया
ये माना कि रोटी ही सब कुछ नहीं है

तू इन इनक़लाबों का मतलब भी समझा
जिन्होंने वहाँ की पलट दी है काया
जिन्होंने वहाँ रुख़ ज़माने का बदला
पलक मारते पाप जनमों का काटा
ये माना कि रोटी ही सब कुछ नहीं है

ख़बर है वहाँ क्या किया आदमी ने
लेनिन[12], स्तेलिन[13], माओ की[14] रहबरी ने
तुझे यह भी नादाँ बताया किसी ने
लिए हैं जो पलटे वहाँ ज़िन्दगी ने
ये माना कि रोटी ही सब कुछ नहीं है

वहाँ ज़िन्दगी आज रोती नहीं है
वहाँ आज तक़दीर सोती नहीं है
वहाँ मौत की जीत होती नहीं है
हयात[15] अपना मुंह ख़ूं से धोती नहीं है
ये माना कि रोटी ही सब कुछ नहीं है

चमनज़ार बंजर ज़मीं को बनाना
करोरों बिघे खेतियाँ लहलहाना
जहाँ मौत उगे, ज़िन्दगी वाँ उगाना
तू सोचे तो विजदान[16] का है ख़ज़ाना
ये माना कि रोटी ही सब कुछ नहीं है

रियाज़त[17] मशक़्क़त से मिलती है रोटी
बड़े इल्म-ओ-हिकमत से मिलती है रोटी
सदाक़त[18] शराफ़त से मिलती है रोटी
बहुत पाक मेहनत से मिलती है रोटी
ये माना कि रोटी ही सब कुछ नहीं है

ज़बरदस्त इख़लाक़ी क़ूवत[19] है रोटी
ज़बरदस्त रूहानी अज़्मत[20] है रोटी
इबादत तरीक़त[21], तहारत[22] है रोटी
शरीअत[23] है रोटी, हक़ीक़त है रोटी
ये माना कि रोटी ही सब कुछ नहीं है

मिले चन्द ही को तो लानत है रोटी
जो महँगी मिले तो मुसीबत है रोटी
न सबको मिले तो ज़लालत[24] है रोटी
जो सबको मिले ऐन रहमत[25] है रोटी
ये माना कि रोटी ही सब कुछ नहीं है

है इससे कोई धर्म आदर्श बढ़कर
करोरों ही आज़ाद इन्सान मिलकर
जहालत अदावत मुसीबत दलिद्दर
मिटा दें ज़माने से इन सबको यकसर
ये माना कि रोटी ही सब कुछ नहीं है

जहाँ भाई के मुँह से रोटी न छीनें
जहाँ मिल के पैदा करें मिल के खाएँ
जहाँ रोटियाँ प्रेम ही का सबक़ दें
जहाँ रोटियाँ जगमगाती हैं रूहें
ये माना कि रोटी ही सब कुछ नहीं है

वहाँ रोटियाँ हैं तरक़्क़ी का परचम
वो हैं चाँद सूरज से बढ़कर चमाचम
वो दुनिया की सब नेकियों का है संगम
वो हैं खाली खूली कथाओं से उत्तम
ये माना कि रोटी ही सब कुछ नहीं है

ज़रा सोच तो इसकी रूहानियत को
करोरों को एक सूत से बाँध दे जो
जो रोटी तमद्दुन[26] की रूह-ओ-रवाँ[27] हो
तअज्जुब है तू हेच[28] कहता है उसको
ये माना कि रोटी ही सब कुछ नहीं है

है मामूली इख़लाक़ के बस से बाहर
ज़मीन-ओ-ज़माँ[29] के चमक जाएँ जौहर
बनाएँगे धरती को जन्नत से बढ़कर
न गीता, न क़ुरआँ[30], न वेदों का मन्तर
ये माना कि रोटी ही सब कुछ नहीं है

जो इन्सान को पस्तियों से उभारे
जो बिगड़ी हुई क़िस्मतों को सँवारे
जो हर ख़ूबिए-ज़िन्दगी को निखारे
वह मामूली ख़ूबी है ओ मतके मारे
ये माना कि रोटी ही सब कुछ नहीं है

वहाँ तीरथ-ओ-हज है खेतों में जाना
तवाफ़े-हरम[31] ट्रेक्टर का चलाना
है मक्का मदीना हरेक कारख़ाना
पसीने में तर होना गंगा नहाना
ये माना कि रोटी ही सब कुछ नहीं है

दिलों में वहाँ दर्दे-इन्सानियत है
ख़यालात में शाने-विजदानियत है
हथौड़े में हँसिए में इर्फ़ानियत[32] है
वहाँ हर अमल ऐन रूहानियत है
ये माना कि रोटी ही सब कुछ नहीं है

करोरों के किरदार[33] जब तक न सुधरें
गढ़े से जहालत के जब तक न उभरें
मशक़्क़त की मंज़िल से जब तक न गुज़रें
तो चेहरे भी खा पीके हरगिज़ न निखरें
ये माना कि रोटी ही सब कुछ नहीं है

करोरों को जाहिल से क़ाबिल बनाया
गँवारों को हर इल्म-ओ-हिकमत सिखाया
मशीनों के कल पुर्ज़ों का गुर बताया
दिमाग़ अनगिनत उँगलियों में बसाया
ये माना कि रोटी ही सब कुछ नहीं है

उन्हें कारख़ानों का मालिक बनाना
जो थे ख़ाली हाथ उनको सब कुछ दिलाना
जो सोई थीं उन शक्तियों को जगाना
है कुछ ऐसी रूहानियत का ठिकाना
ये माना कि रोटी ही सब कुछ नहीं है

उदासी मिटाई निराशा मिटाई
ग़रीबी मिटाई कमाई बढ़ाई
महीनों में सदियों की बिगड़ी बनाई
करोड़ों दिलों की तमन्ना बर आई
ये माना कि रोटी ही सब कुछ नहीं है

अदब में ख़ुलूस-ओ-सदाक़त[34] के जज़्बे
फ़नों में तहारत लताफ़त के जज़्बे
ख़यालात में वो शराफ़त के जज़्बे
मुहब्बत के जज़्बे, शुजाअत[35] के जज़्बे
ये माना कि रोटी ही सब कुछ नहीं है

ड्रामा सिनेमा बैलेट ऑपरा को
निरत और संगीत की साधना को
उधर जगमगाता है हर विद्या को
कहाँ से कहाँ ले गए हर कला को
ये माना कि रोटी ही सब कुछ नहीं है

सुनहरी खड़ी खेतियों से मुहब्बत
पहाड़ों से और वादियों से मुहब्बत
जवानों की सरगर्मियों से मुहब्बत
वो बच्चों की मासूमियों से मुहब्बत
ये माना कि रोटी ही सब कुछ नहीं है

कई काम वो जो समझ में न आते
लगें मुद्दतें सीखते और सिखाते
ज़माना गुज़र जाए जिनको बनाते
उन्हें कर दिखाया है चुटकी बजाते
ये माना कि रोटी ही सब कुछ नहीं है

वो घर फूँकना हो कि चोरी कि डाका
वो हो फ़ौजदारी कि आपस का झगड़ा
कि हो और जुर्मों का अन्धेर खाता
वहाँ और देशों से कम पाइएगा
ये माना कि रोटी ही सब कुछ नहीं है

वहाँ जेलख़ानों में हैं जितने क़ैदी
कहीं और के क़ैदियों से हैं कम ही
जो चोरी छिपे जुर्म होते हैं वो भी
वहाँ कम से कम अब है तादाद उनकी
ये माना कि रोटी ही सब कुछ नहीं है

कभी तूने तादाद भी उनकी सोची
घरों अस्पतालों में हैं जितने रोगी
वो हैं रूस और चीन में कम बहुत ही
है अमरीका में उनकी तादाद लम्बी
ये माना कि रोटी ही सब कुछ नहीं है

जो गिनती है हर मुल्क में पागलों की
बढ़ी जिस क़दर है दिमाग़ी ख़राबी
दिखाती है रूहानियत की तरक़्क़ी
कि तहज़ीब की खोल देती है क़लई
ये माना कि रोटी ही सब कुछ नहीं है

वहाँ मारा मारा नहीं कोई फिरता
वहाँ वक़्त अनमोल है आदमी का
नहीं उनको बेरोज़गारी का खटका
जनम सिद्ध अधिकार है काम करना
ये माना कि रोटी ही सब कुछ नहीं है

करोरों की हैसियतों को बढ़ाना
करोरों को तहज़ीब के गुर सिखाना
करोरों का किरदार ऊँचा बनाना
ये इन्सान को जानवर है बनाना
ये माना कि रोटी ही सब कुछ नहीं है

उधर हिटलर आया था ज़ोर आज़माने
इधर च्याँग[36]-ओ-अमरीका क़िसमत लड़ाने
लगा देना इन दुश्मनों को ठिकाने
ये मामूली रूहानियत है दिवाने
ये माना कि रोटी ही सब कुछ नहीं है

अटल शान्ति का आन्दोलन उठाया
हमें मार्ग अम्न-ओ-अमाँ का दिखाया
सबक़ लोकसंग्रह का हमको पढ़ाया
तपोबल से अपने जहाँ को बचाया
ये माना कि रोटी ही सब कुछ नहीं है

हम इन्साँ को दुनिया में रोने न देंगे
बिलखकर उसे जान खोने न देंगे
तमद्दुन का बेड़ा डुबोने न देंगे
हम अब तीसरी जंग होने न देंगे
ये माना कि रोटी ही सब कुछ नहीं है

खिले बाग़ में क्यों गरेबाँ न फाड़ें
न क्यों रूस और चीन पर जान वारें
हमें हाथ आएँ जो उनकी बहारें
उठाकर कलेजे में हम उनको रख लें
ये माना कि रोटी ही सब कुछ नहीं है

ज़माने की कुछ दास्ताँ सुन चुका तू
रख अब दोनों आदर्श पहलू-ब-पहलू
तेरे हाथों इन्साफ़ की है तराज़ू
पड़े फ़र्क़ क्यों तोलने में सरे-मू[37]
ये माना कि रोटी ही सब कुछ नहीं है

अभी तूने दोनों को मीज़ाँ[38] में तोला
खुला भेद आख़िर सुबुक[39] और गराँका[40]
तू खुद देख ले किसका भारी है पल्ला
बता दे ज़रा कौन पड़ता है हल्का
ये माना कि रोटी ही सब कुछ नहीं है

इन्हीं ने नई क़ूबतों को उभारा
इन्हीं ने नई ज़िन्दगी को सँवारा
इन्हीं दोनों देशों का लेकर सहारा
गगन खेलती जाए जीवन की धारा
ये माना कि रोटी ही सब कुछ नहीं है

निगाहें ज़माने की आज उठ रही हैं
पवें एक नई सुबह की फूटती हैं
इन्हीं से हरेक की उमीदें बँधी हैं
लवें रूसियों चीनियों से लगी हैं
ये माना कि रोटी ही सब कुछ नहीं है

लेनिन स्तेलिन माओ ने जो किया है
वो 'आज़ाद' भारत में कब हो सका है
उधर रूस और चीन का दबदबा है
इधर हिन्द सदियों से झक मारता है
ये माना कि रोटी ही सब कुछ नहीं है

यहाँ मौत का घर बलाओं का डेरा
अँधेरा अँधेरा अँधेरा अँधेरा
वहाँ ज़िन्दगी रौशनी का बसेरा
सवेरा सवेरा सवेरा सवेरा
ये माना कि रोटी ही सब कुछ नहीं है

कुछ अब उनके जीवन का तू भेद समझा
असर चीन और रूस का तूने देखा
ये तेरी समझ में हो अब शायद आया
है गुर माद्दीयत[41] में रूहानियत का
ये माना कि रोटी ही सब कुछ नहीं है

जो गिरतों को देकर सहारा सँभाले
जो हैं अधमरे उनको फिर से जिला ले
ये काम ऐसे वैसे नहीं होनेवाले
ये करते की विद्या है ओ भोलेभाले
ये माना कि रोटी ही सब कुछ नहीं है

तुझे ख़ूब आता है बातें बनाना
गढ़ा तूने रूहानियत का बहाना
कम्यूनिज़्म को बरबरीयत बताना
रहे याद अब लद गया वह जमाना
ये माना कि रोटी ही सब कुछ नहीं है

मुसीबत जो हिन्दोस्ताँ पर पड़ी है
मिटा दे इसे आज ऐसा कोई है
न हमको ख़ुशी है न तुमको ख़ुशी है
हमारी तुम्हारी कोई ज़िन्दगी है
ये माना कि रोटी ही सब कुछ नहीं है

न कर झूठी रूहानियत की बड़ाई
उसी ने तो हमको गुलामी सिखाई
उसी ने तो सबको लँगोटी बँधाई
उसी ने तो मिट्टी ठिकाने लगाई
ये माना कि रोटी ही सब कुछ नहीं है

उसी ने तो अक़्लों पै परदे गिराए
उसी ने तो धोखे पै धोखे खिलाए
उसी ने ज़माने के हर ज़ुल्म ढाए
उसी ने तो भारत को ये दिन दिखाए
ये माना कि रोटी ही सब कुछ नहीं है

उसी ने तो भारत को पोंगा बनाया
हरेक ने हमें उँगलियों पर नचाया
ज़माने से नाम-ओ-निशाँ तक मिटाया
ये रूहानियत है कि सब कुछ गँवाया
ये माना कि रोटी ही सब कुछ नहीं है

उसी से तो अब तंग है अपनी हुलिया
उसी ने तो हमको कहीं का न रक्खा
उसी से जनमभूम का है ये नक़्शा
कि पहिने है बुढ़िया चटाई का लहँगा
ये माना कि रोटी ही सब कुछ नहीं है

उसी ने क़फन ज़िन्दगी के सिए हैं
उसी से तो मर मर के अब तक जिए हैं
उसी ने कुएँ सबको झँकवा दिए हैं
ज़माने ने गिनगिन के बदले लिए हैं
ये माना कि रोटी ही सब कुछ नहीं है

उसी ने चने नाकों चबवा दिए हैं
उसी से तो जीने के लाले पड़े हैं
उसी से तो हम आज तक झींखते हैं
उसी से तो हम जीते जी मर गए हैं
ये माना कि रोटी ही सब कुछ नहीं है

उसी ने तो आठ आठ आँसू रुलाया
मज़ा मौत का ज़िन्दगी में चखाया
उसी ने तो भारत को कँगला बनाया
उसी से तो दौलत ने ठेंगा दिखाया
ये माना कि रोटी ही सब कुछ नहीं है

जो मुर्दों की नींद आदमी को सुलाए
गढ़े में जो इस तरह हमको गिराए
जो इस तरह मिट्टी में हमको मिलाए
ख़ुदा ऐसी रूहानियत से बचाए
ये माना कि रोटी ही सब कुछ नहीं है

दुहाई से कब अच्छी क़िस्मत मिली है
कहीं रोने-धोने से इज़्ज़त मिली है
कथा बाँचने से हुकूमत मिली है
कहीं रामचर्चा से दौलत मिली है
ये माना कि रोटी ही सब कुछ नहीं है

ज़माने को सोचा बिचारा नहीं है
ज़माने से बचकर गुज़ारा नहीं है
ज़माने के हाथों से चारा नहीं है
ज़माना हमारा तुम्हारा नहीं है
ये माना कि रोटी ही सब कुछ नहीं है

न खेत और बाग़ अपने अब लहलहे हैं
न उद्योग धन्धे में कुछ कर सके हैं
ज़माने में हम सबसे पिछड़े हुए हैं
टके को हमें अब नहीं पूछते हैं
ये माना कि रोटी ही सब कुछ नहीं है

गया याँसे अंगरेज़ लेकिन गया क्या
यहाँ कर गया ऐसा अंधेरखाता
दलालों ने उसके हमें करके रक्खा
गुलाम आज उसी जानलेवा प्रथा का
ये माना कि रोटी ही सब कुछ नहीं है

हुकूमत में अँगरेज़ ही की दलाली
तिजारत में अँगरेज़ ही की दलाली
ज़राअत[42] में अँगरेज़ ही की दलाली
सियासत[43] में अँगरेज़ ही की दलाली
ये माना कि रोटी ही सब कुछ नहीं है

वह रोटी का रोना वह कपड़ों का रोना
क़यामत है लाखों करोरों का रोना
था कल तक तो क़िस्मत से ग़ैरों का रोना
मगर आज है आह ! अपनों का रोना
ये माना कि रोटी ही सब कुछ नहीं है

वो पन्द्रह अगस्त आई इस गड़बड़ी में
कि दुविधासी पैदा हुई सबके जी में
उठी लहसी हिन्द की ज़िन्दगी में
उबाल आए जिस तरह बासी कढ़ी में
ये माना कि रोटी ही सब कुछ नहीं है

स्वराज आज है एक ख़ूनी फ़साना
स्वराज आज हर जुल्म का है बहाना
हमारा नहीं काँग्रेस में ठिकाना
हमें साथियों है बहुत दूर जाना
ये माना कि रोटी ही सब कुछ नहीं है

जो काम आज हिन्दोस्ताँ में है होना
न टाटा के बस का न बिरला के बस का
न होगा कभी राजरिशियों से पूरा
न गीता प्रेस के ग्रन्थों से होगा
ये माना कि रोटी ही सब कुछ नहीं है

न वो आश्रमों और डेरों से होगा
न वो ठेकेदारों लुटेरों से होगा
न हेरों से होगा न फेरों से होगा
न वो कांग्रेस के सँपेरों से होगा
ये माना कि रोटी ही सब कुछ नहीं है

न वेदों के युग को बुलाने से होगा
न मन्त्रों का जादू जगाने से होगा
न सन्ध्या हवन और न गाने से होगा
न शंख और डमरू बजाने से होगा
ये माना कि रोटी ही सब कुछ नहीं है

यहाँ देवपूजा की चलती नहीं है
नमाज़ों की याँ दाल गलती नहीं है
मुसीबत कथाओं से टलती नहीं है
दुआओं से दुनिया बदलती नहीं है
ये माना कि रोटी ही सब कुछ नहीं है

ये बातें हैं ऐ दोस्त बीते दिनों की
खुशामद थी जब देवों और देवियों की
कहाँ तक करें याद अगले जुगों की
न ले डूबे हमको ये रौ माज़ियों[44] की
ये माना कि रोटी ही सब कुछ नहीं है

बुज़ुर्गों के काम ऐसे वैसे नहीं हैं
हम उन कारनामों को भूले नहीं हैं
मगर लोग इसको समझते नहीं हैं
है माज़ी हमारा हम उसके नहीं हैं
ये माना कि रोटी ही सब कुछ नहीं है

ज़माना ये हरि-कीरतन का नहीं है
कि ये ज़िन्दगी रासलीला नहीं है
मुक़द्दर बदलना तमाशा नहीं है
कथा सतनरायन की दुनिया नहीं है
ये माना कि रोटी ही सब कुछ नहीं है

बड़े बोल की पड़ गई है जो आदत
बमकते हैं हम पाके सपने में दौलत
जो महसूस कर पाएँ भारत की दुर्गत
तो खुल जाए रूहानियत की हक़ीक़त
ये माना कि रोटी ही सब कुछ नहीं है

बनाया है याँ काल ने दायमी घर
अगर माँगें रोटी तो पाते हैं पत्थर
ये हालत दिगरगूँ[45] ये सूरत फटीचर
टुकाची ये रूहानियत है सरासर
ये माना कि रोटी ही सब कुछ नहीं है

दिशाशूल इधर ज्योतिषी ने पुकारा
उधर दह्यिे[46] तोड़ लाते हैं तारा
क़दम बह्र-ओ-बरपर[47] जवानों ने मारा
अभी देखें रूहानियाँ[48] इस्तख़ारा[49]
ये माना कि रोटी ही सब कुछ नहीं है

कहीं झाड़ और फूँक में सत नहीं है
कोई शाहजी में करामत नहीं है
जहाँ मन्तरों की तिजारत नहीं है
दुआए-बरहमन में बरकत नहीं है
ये माना कि रोटी ही सब कुछ नहीं है

इबादत ने क़िस्मत बनाई नहीं है
दुआओं ने दौलत दिलाई नहीं है
ये चीज़ इस तरह हाथ आई नहीं है
कि वो फ़ातिहेकी[50] मिठाई नहीं है
ये माना कि रोटी ही सब कुछ नहीं है

जो पढ़ते थे वेदों के मन्तर लहक के
वो इस दौर में रह गए हक्के-बक्के
हुआ बस ये रूहानियत से चिपक के
गुलामी मिली क़ौम को—ले लपक के
ये माना कि रोटी ही सब कुछ नहीं है

अरे तुझ पै ये आशकारा नहीं है
कि बे इनक़लाब अब गुज़ारा नहीं है
बरन वर्ग का याँ सहारा नहीं है
तरक्क़ी किसी का इजारा नहीं है
ये माना कि रोटी ही सब कुछ नहीं है

जो कुछ रूस और चीन ने कर दिखाया
तरक्क़ी का जो राज़ उन्होंने बताया
अगर उसका हम पर भी पड़ जाए साया
तो पल में पलट जाए भारत की काया
ये माना कि रोटी ही सब कुछ नहीं है

सुधर जाएगी सरबसर अपनी हालत
सँवर जाएगी हिन्द की आदमीयत
नई ज़िन्दगी की मिलेगी हरारत[51]
चमक जाएगी नौनिहालों की क़िस्मत
ये माना कि रोटी ही सब कुछ नहीं है

ज़रा हिन्द में रुख़ हवाओं का देखो
जो मुमकिन हो तो वक़्त की नब्ज़ परखो
वो हो जेल गोली हो फाँसी हो जो हो
यहाँ इनक़लाब आया आया ही समझो
ये माना कि रोटी ही सब कुछ नहीं है

वो लहरें यहाँ ज़िन्दगी की उठेंगी
वो अमरित में डूबी हवाएँ चलेंगी
फ़लक[52] से फ़रिश्तों की आँखें पड़ेंगी
क़दम हिन्द के जन्नतें चूम लेंगी
तू कहता है रोटी ही सब कुछ नहीं है

सन्दर्भ

1. अध्यात्मवाद 2. ज्ञान का प्रकाश 3. सौन्दर्य का अनुराग 4. रसोत्तीर्ण होना 5. सत्य को पहचानना 6. शक्ति 7. महानता, बड़ाई 8. पांडित्य 9. जीवन 10. बुरी दशा में 11. दरिद्रता 12. रूसी क्रान्ति के महान् अगुआ लेनिन 13. नए रूस के निर्माता स्टालिन 14. नए चीन के नेता माओ-ज़े-तुंग 15. जीवन 16. रस की उपलब्धि 17. तपस्या 18. सच्चाई 19. नैतिक शक्ति 20. आध्यात्मिक महानता 21. धर्माचार 22. निर्मलता 23. धर्म के नियम 24. घृणितवस्तु 25. कृपा 26. संस्कृति 27. प्राण और आत्मा 28. तुच्छ, हीन 29. धरती और युग 30. मुसलमानों की धार्मिक पुस्तक 31. काबे की परिक्रमा 32. ज्ञान 33. चरित्र 34. सहृदयता और सच्चाई 35. बहादुरी 36. च्यांग काई शेक 37. बाल बराबर 38. तराजू 39. हलका 40. भारी 41. भौतिकवाद 42. खेती 43. राजनीति 44. अतीत की अन्ध पूजा 45. दुर्दशा 46. नास्तिक 47. समुद्र और धरती 48. अध्यात्मवादी 49. सगुन विचारना 50. नज्र नियाज़ 51. गर्मी 52. आकाश।

दास्ताने आदम

आदर्शवादी या ईश्वरवादी मतमतान्तरों के अनुसार आदिकाल ही से धरती पर, अवतार, पैग़म्बर और ऋषिमुनि विचरते रहे हैं। वैज्ञानिक-विकासवाद यह सिद्ध कर चुका है कि आदिकाल में मनुष्य ज्ञान, शक्ति और सभ्यता सबसे वंचित था। मनुष्य की दशा पशुओं से भी बुरी थी सात-आठ लाख वर्षों तक मनुष्य के पास न आग थी, न लोहा, न भाषा, न रोटी, न कपड़ा, न सभ्यता के कोई और साधन। इस अर्ध पाशविक अवस्था का चित्रण इस कविता के आरम्भ में हुआ है। विज्ञान की रोशनी में मनुष्य की रामकहानी इस कविता में सुनाई गई है।

क़र्नों[1] के मिटाने से मिटे हैं न मिटेंगे
आफ़ाते-ज़माना[2] से झुके हैं न झुकेंगे
उभरे तो दबाने से दबे हैं न दबेंगे
हम मौत के मारे भी मरे हैं न मरेंगे
हम ज़िन्दा थे हम ज़िन्दा हैं हम ज़िन्दा रहेंगे

गो बह्र-ओ-बर[3]-ओ-चर्ख़[4]-मिटाने पै तुले हैं
उभरे हुए कोहसार के[5] तेवर भी कड़े हैं
बेदर्द अनासिर[6] भी बहुत बिफरे हुए हैं
बन बन के मिट जाएँगे मिट मिट के बनेंगे
हम ज़िन्दा थे हम ज़िन्दा हैं हम ज़िन्दा रहेंगे

तारीख़-ओ-तमद्दुन से बहुत पहले के अदवार[7]
बेतेग़-ओ-सिपर मौत से वो जंग वो पैकार[8]
वो ग़ोले-बयाबाँ वो बहायम[9] कई ख़ूँख़्वार
ऐसे में जिए हैं तो कभी हम न मरेंगे
हम ज़िन्दा थे हम ज़िन्दा हैं हम ज़िन्दा रहेंगे

वह शामे-बयाबाँ वो सियह-ख़ानए-दौराँ[10]
हम शशदर[11]-ओ-हैराँ व परीशाँ व हरासाँ
इक दिल था लरज़तासा चिराग़े तहेदामाँ[12]
क्योंकर हम असीराने-सितम[13] सुब्बह करेंगे
हम ज़िन्दा थे हम ज़िन्दा हैं हम ज़िन्दा रहेंगे

जो शाख़ लचकती है कड़कतीसी कमाँ है
जो चीज़ चमक जाती है इक नोके सिनाँ [14] है
एक एक किरन तारों की नागिन की ज़बाँ है
हर लेहज़ा यही ख़ौफ़ कि अबके न बचेंगे
हम ज़िन्दा थे हम ज़िन्दा हैं हम ज़िन्दा रहेंगे

इन्सान है और चारों तरफ़ वादिए पुरख़ार[15]
पुरहौल मनाज़िर[16] का हो माहौले-शरर बार[17]
वह बोलते सन्नाटे वो ज़िन्दाने-शबे-तार[18]
कमज़ोर हैं पर जब्रे-मशीयत[19] से लड़ेंगे
हम ज़िन्दा थे हम ज़िन्दा हैं हम ज़िन्दा रहेंगे

इक अजनबी संसार के ये कोह-ओ-बयाबाँ
दरियाये-शबे-तार के उठते हुए तूफ़ाँ
वह उड़ते हुए अजदहे वो शामे-ग़रीबाँ
ज़ुलमत कदए-ग़ैर को मानूस[20] करेंगे
हम ज़िन्दा थे हम ज़िन्दा हैं हम ज़िन्दा रहेंगे

फ़ीलों[21] की वो चिंघाड़ वो शेरों की दहाड़ें
पड़ती थीं घटाटोप अँधेरे में दराड़ें
रोती थी शबे-तार कहीं मार के धाड़ें
इन्सान तो क्या होश फ़रिश्तों के उड़ेंगे
हम ज़िन्दा थे हम ज़िन्दा हैं हम ज़िन्दा रहेंगे

झक्कड़ वो हवा के वो फ़ज़ाओं की डकारें
सहराए-शब और काँपते सायों की क़तारें
सहमे हुए इन्साँ की वो चीख़ें वो पुकारें
अफ़लाक[22] जिस इन्सान के क़दमों पै झुकेंगे
हम ज़िन्दा थे हम ज़िन्दा हैं हम ज़िन्दा रहेंगे

वह घोर अँधेरा जो ज़माने को निगल जाए
वो रात भयानक दिले-अर्जुन भी दहल जाए
वह शोर कि महवर[23] से ज़मीं चीख़ के टल जाए
जल थल चल अचल दश्त ओ जबल[24] काँप उठेंगे
हम ज़िन्दा थे हम ज़िन्दा हैं हम ज़िन्दा रहेंगे

कुछ पूछो न फ़ितरत का[25] जो बरताव था हमसे
हर लमहा फटे पड़ते थे सौ कोहे-अलम से
दिल की न बुझी शमअ कभी दामने-ग़म से
हस्ती के निशात[26] अपनी मुरादों से पलेंगे
हम ज़िन्दा थे हम ज़िन्दा हैं हम ज़िन्दा रहेंगे

रोशन था इसी शमअ़से रातों का अँधेरा
जाग उठते थे जब ग़ारों में हँसता था सवेरा
अफ़सुर्दा[27] दिल अफ़सुर्दा कुनद अनजुमने रा[28]
क़ुदरत के इक इक जौर पै हम ख़ूब हँसेंगे
हम ज़िन्दा थे हम ज़िन्दा हैं हम ज़िन्दा रहेंगे

ए रूहे-ज़मी[29] रूहे-ज़माँ[30] रूहे-मकाँ[31] ख़ीज़[32]
ए जाने जहाँ[33] जाने जहाँ जाने जहाँ ख़ीज़
अज़[34] ख़्वाबेगराँ[35] ख़्वाबेगराँ ख़्वाबेगराँ ख़ीज़
हम शाहिदे-तारीख़[36] को बेदार करेंगे
हम ज़िन्दा थे हम ज़िन्दा हैं हम ज़िन्दा रहेंगे

मनुष्य धीरे-धीरे बर्बर अवस्था से उभर रहा है। प्रकृति की आत्मा से और अनेक प्राकृतिक शक्तियों से वह अपने बचाव और कल्याण के लिए अब प्रार्थना करने लगा है। ऋग्वेद के आरम्भिक मन्त्र अब उसके होठों पर काँपने लगे हैं। जंगलों से निकलकर मुनष्यों के छोटे-छोटे समूह भोंडे तरीक़े से अब खेती और पशु-पालन करने लगे हैं। अब मनुष्य मारा-मारा नहीं फिरेगा बल्कि धरती पर बसना सीखेगा। जैसे-जैसे खेती तरक़्क़ी करेगी सभ्यता भी उगती जाएगी और मानव-जीवन भी विकसित होता जाएगा यहाँ तक कि मानव-जाति अब वर्गों में विभाजित होगा। मुट्ठीभर आदमियों के हाथों सभ्यता फले फूले इस हेतु मनुष्यों की बड़ी संख्या शूद्रत्व या ग़ुलामी का जुआ अपने कंधों पर रख लेगी। सामन्ती युग अपने पूरे चमत्कार के साथ उदय होगा।

जब दश्तनवरदी[37] के मनाज़िल से बढ़ आए
गुर ख़ानाबदोशी को ज़राअत[38] के सिखाए
पुर अम्न सकूनत के लिए गाँव बसाए
कल अपने ही क़दमों के तले शह्र उगेंगे
हम ज़िन्दा थे हम ज़िन्दा हैं हम ज़िन्दा रहेंगे

खेतों को सँवारा तो सँवरते गए ख़ुद भी
फ़सलों को उभारा, तो उभरते गए ख़ुद भी
फ़ितरत को निखारा तो निखरते गए ख़ुद भी
नित अपने बनाए हुए साँचों में ढलेंगे
हम ज़िन्दा थे हम ज़िन्दा हैं हम ज़िन्दा रहेंगे

बेफ़ैज़िए-फ़ितरत[39] का न रोना है न धोना
मिट्टी की ज़मीं भी तो उगलने लगी सोना
सोई हुई धरती को है कुछ और ही होना
मंज़िल को जगा देंगे जहाँ पाँव धरेंगे
हम ज़िन्दा थे हम ज़िन्दा हैं हम ज़िन्दा रहेंगे

इन वादियों को जिनमें नहीं बारिशे-रहमत
इन घाटियों को जिनमें उड़े गर्दे-कदूरत[40]
इन खाड़ियों को जिनमें नहीं बूए-लताफ़त[41]
हम अह्ले-ज़मीं[42] रूकशेफ़िर्दौस[43] करेंगे
हम ज़िन्दा थे हम ज़िन्दा हैं हम ज़िन्दा रहेंगे

अब वक़्त के सीने में चटकने लगीं कलियाँ
अब रंग पर आए हैं फ़ज़ाओं के गुलिस्ताँ
शबनम की खनक, गुल की दमक, सौतेहज़ारा[44]
हम ख़ुद ही गुल-ओ-बुलबुल-ओ-सय्याद बनेंगे
हम ज़िन्दा थे हम ज़िन्दा हैं हम ज़िन्दा रहेंगे

अलक़िस्सा जमाने को पड़ी इसकी ज़रूरत
बट जाए कई तबक़ों में इन्सान की मिल्लत[45]
तहज़ीब बढ़े इसलिए वो जिनकी है कसरत
गर्दन पै जुवा बारे-गुलामी[46] का धरेंगे
हम ज़िन्दा थे हम ज़िन्दा हैं हम ज़िन्दा रहेंगे

तबक़ों का वो टकराव मफ़ादों का तसादुम[47]
वो शाहिदे-तारीख़ के सीने का तलातुम
आँखों में वो कुछ अश्क[48] वो होंटों पै तबस्सुम[49]
तफ़रीक़-ओ-तफ़ावुत[50] से बहुत काम बनेंगे
हम ज़िन्दा थे हम ज़िन्दा हैं हम ज़िन्दा रहेंगे

तहज़ीब को परवान चढ़ाया है हमीं ने
तारीख़ को हर दर्स[51] पढ़ाया है हमीं ने
सय्यारों की गर्दिश को बढ़ाया है हमीं ने
अब शम्स-ओ-क़मर[52] अपने इशरों पै चलेंगे
हम ज़िन्दा थे हम ज़िन्दा हैं हम ज़िन्दा रहेंगे

वीरान को ज़ीशान[53] बनाया है हमीं ने
धरती को परिस्तान बनाया है हमीं ने
इन्सान को इन्सान बनाया है हमीं ने
"क्या क्या न किया इश्क़ में क्या क्या न करेंगे"
हम ज़िन्दा थे हम ज़िन्दा हैं हम ज़िन्दा रहेंगे

सौ रंग से दुनिया को हम आबाद करेंगे
हर गाम पै दुनिया नई ईजाद करेंगे
हम उसको सुहागिन की तरह शाद[54] करेंगे
धरती की हमीं उजड़ी हुई माँग भरेंगे
हम ज़िन्दा थे हम ज़िन्दा हैं हम ज़िन्दा रहेंगे

साँची के वो फ़नकार[55] अजन्ता के क़लमकार[56]
वो ताजमहल हुस्न का वो जादूए-बेदार
अह्दे-क़ुतुबुद्दीं का फ़लक-बोस[57] वो मीनार
दुनिया को इक आईन-ए-तहज़ीब करेंगे
हम ज़िन्दा थे हम ज़िन्दा हैं हम ज़िन्दा रहेंगे

अजदाद[58] हमारे थे सिधारे जो अदम को
हैं अब भी बनाए हुए माज़ी के भरम को
अफ़रीक़ा में ईरान में या चीन में हमको
ढूँढ़ोगे तो उजड़े हुए खंडरों में मिलेंगे
हम ज़िन्दा थे हम ज़िन्दा हैं हम ज़िन्दा रहेंगे

जब मिस्र की तहज़ीब पै मँडलाएगी जुल्मत
साथ अपने चली जाएगी अहराम की हुरमत[59]
हम इब्ने-बराहीम बसद कुल्फ़त व हसरत[60]
जब नील की वादी की ज़मीं छोड़ चलेंगे
हम ज़िन्दा थे हम ज़िन्दा हैं हम ज़िन्दा रहेंगे

दुनिया में हैं कंगाल भी और अहले-दवल[61] भी
है ताक में दोनों ही के सय्यादे-अजल भी
दुनिया का है ये रंग तो क्या राजमहल भी
रातों को कपिलवस्तु से मुँह मोड़[62] चलेंगे
हम ज़िन्दा थे हम ज़िन्दा हैं हम ज़िन्दा रहेंगे

यूनान की मिटती हुई अज़मत का ज़माना
कुछ रोज़ों में हो जाएगी इक ख़्वाबे-शबाना
जब मौत का वो ढूँढ़ रही होगी बहाना
एथेन्स के ज़िन्दान में हम जह्र[63] पिएँगे
हम ज़िन्दा थे हम ज़िन्दा हैं हम ज़िन्दा रहेंगे

जब रूम की तहज़ीब ज़माने में तपेगी
जब सीनए-जमहूर में इक आग लगेगी
जब दखेंगे इस आग से दुनिया न बचेगी
कोहों से पुकारेंगे सलीबों पै चढ़ेंगे[64]
हम ज़िन्दा थे हम ज़िन्दा हैं हम ज़िन्दा रहेंगे

पलटेंगे अरब में भी तमद्दुन के क़रीने[65]
सुनकर नई आवाज़ धड़कते हुए सीने
ताब इसकी न लाएँगे तो मक्के से मदीने
इक मसलहते ख़ास से हिजरत भी करेंगे[66]
हम ज़िन्दा थे हम ज़िन्दा हैं हम ज़िन्दा रहेंगे

आँधी की तरह उट्ठेंगे सासानी-ओ-तातार
तो घोड़ों की टापों से उड़ा देंगे वो कोहसार
लग जाएँगें हर चार तरफ़ लाशों के अम्बार
सौ रंग से हम क़ातिल[67] ओ मक़तूल[68] बनेंगे
हम ज़िन्दा थे हम ज़िन्दा हैं हम ज़िन्दा रहेंगे

जागीर के ये दौर थे गहवारए-तहज़ीब[69]
सावन्ती ज़माने के वो आईन-ओ-असालीब[70]
हिकमत हुकमा की उलमा की वो तादीब[71]
ये बाबे-अहम ज़ीनते-तारीख़[72] बनेंगे
हम ज़िन्दा थे हम ज़िन्दा हैं हम ज़िन्दा रहेंगे

अदवारे[73] ग़ुलामी थे ये किस शान के ए दोस्त
सौ तरह से मिटते रहे बनते रहे ए दोस्त
सावन्त भी कमज़ोर से अब पड़ चले ए दोस्त
सर्माया के दुनिया में अलमदार[74] बढ़ेंगे
हम ज़िन्दा थे हम ज़िन्दा हैं हम ज़िन्दा रहेंगे

सामन्ती युग अपनी उन्नति की आख़िरी मन्ज़िलें तय करके अब अस्त हो जाता है। अब वैश्य सभ्यता या महाजनी सभ्यता का युग आ रहा है। यह व्यापारिक सभ्यता एशिया में आरम्भिक मन्ज़िलों से आगे नहीं बढ़ सकी। इस सभ्यता का नेतृत्व योरोप के हाथ में चला गया। अब हम उन्नीसवीं सदी के आरम्भ तक आ पहुँचे हैं। योरोप में व्यावसायिक क्रान्ति हो जाती है और व्यापारी युग पूँजीवाद और साम्राज्यवाद के युग में परिणत हो जाता है। पहले योरोप और लगभग सौ वर्ष बाद अमरीका पूँजीवादी साम्राज्य के नेता बन जाते हैं। दो महायुद्ध धरती को हिलाकर रख देते हैं। पहले महायुद्ध के दौरान ही में मार्क्स की भविष्यवाणी सत्य हो जाती है और रूस में क्रान्ति हो जाती है। दूसरे महायुद्ध के फलस्वरूप चीन की महाक्रान्ति और योरोप के कई देशों की महाक्रान्तियाँ होती हैं। पूँजीवाद का चिराग़ बुझने के पहले ज़ोरों से भड़क उठता है। अब हम आज के युग में आ गए, जब धरती पर साम्यवाद की बढ़ती हुई शक्ति और साम्राज्यवाद या पूँजीवाद की रोगग्रसित घटती हुई शक्ति एक दूसरे के सामने आँखों में आँखें डाले खड़ी हैं।

निकला जो ये बेड़ा तो ममालिक बरे-आज़म[75]
आते गए सब ज़द[76] में मचा हर तरफ़ ऊधम
ये साहबे-सरमाया हैं वो फ़ातहे-आलम[77]
आज़ादिए-अक़वाम[78] की सीता जो हरेंगे
हम ज़िन्दा थे हम ज़िन्दा हैं हम ज़िन्दा रहेंगे

अब चीन अरब हिन्द हबश ख़ित्तए-ईराँ
तपते हुए अफ़रीक़ा के वो शह्र-ओ-बयाबाँ
जौलाँगहे-सरमाया बनेंगे—ये रजज़ख़्वाँ[79]
सालारिए-अक़वाम[80] का दावा भी करेंगे
हम ज़िन्दा थे हम ज़िन्दा हैं हम ज़िन्दा रहेंगे

फ़ितने ये जगा देंगे जहाँ पाँव धरेंगे
ये सब्ज़-क़दम[81] बाग़े-जहाँ रौंद चलेंगे
आए तो ये जाने का कभी नाम न लेंगे
ये मान न मान आपके मेहमान बनेंगे
हम ज़िन्दा थे हम ज़िन्दा हैं हम ज़िन्दा रहेंगे

फ़न-ओ-अदब-ओ-इल्म नई करवटें लेंगे
अब ज़ेरे-नगीं[82] बह्र-ओ-बर-ओ-चर्ख़[83] करेंगे
फ़ितरत के अब असरार[84] पर असरार खिलेंगे
क़ुदरत पै फ़तूहाते-बशर और बढ़ेंगे
हम ज़िन्दा थे हम ज़िन्दा हैं हम ज़िन्दा रहेंगे

सावन्ती ज़माने से भी बढ़कर ये ज़माना
खुलता है निहाँ-ख़ानए-फ़ितरत का ख़ज़ाना
अब गैसूए-दौराँ नहीं मिन्नत-कशे-शाना[85]
माज़ी की निगाहों को ये दिन ख़ीरा[86] करेंगे
हम ज़िन्दा थे हम ज़िन्दा हैं हम ज़िन्दा रहेंगे

साइंस के ये मोजज़े[87] ईजादों के ये दौर
दुनिया के सब आईने-तमद्दुन[88] के सभी तौर
बदलेंगे अभी और अभी और अभी और
तारीख़ की रफ़्तार बहुत तेज़ करेंगे
हम ज़िन्दा थे हम ज़िन्दा हैं हम ज़िन्दा रहेंगे

पहियों की धमक लाखों मशीनों का वो चलना
वो अंजनों का चीख़ के अंगारे उगलना
वो भट्टियों से आग के फ़ौव्वारे उछलना
दहलेगी ज़मीं कंगुरए-चर्ख़ हिलेंगे
हम ज़िन्दा थे हम ज़िन्दा हैं हम ज़िन्दा रहेंगे

सरमाया परस्तों के सर अब ऊँचे उठेंगे
अब उनकी सलामी को मह-ओ-मेह्र झुकेंगे
ये नश्शए-दौलत में सदा चूर रहेंगे
इन साहबों के पाँव ज़मीं पर न पड़ेंगे
हम ज़िन्दा थे हम ज़िन्दा हैं हम ज़िन्दा रहेंगे

कर देंगे हम एक दिन के लिए ख़ून पसीना
हम काम किए जाएँगे मारे हुए पित्ता
आसार बताते हैं पलटने को है पाँसा
घूरे के भी दिन कहते हैं इक रोज़ फिरेंगे
हम ज़िन्दा थे हम ज़िन्दा हैं हम ज़िन्दा रहेंगे

कल पुर्ज़ों की रफ्तार में है बर्क़ की सुरअत[89]
अब देखते ही देखते आएगी ये नौबत
सामान की इफ़रात ख़रीदार की क़िल्लत
बाज़ार नए ढूँढ़ने से भी न मिलेंगे
हम ज़िन्दा थे हम ज़िन्दा हैं हम ज़िन्दा रहेंगे

बाज़ारों की ख़ातिर वो बड़ी जंग छिड़ेगी
दुनिया के कई हिस्सों में इक आग लगेगी
इस जंग में मज़दूरों की तक़दीर खुलेगी
सरमाया परस्त एक नई आफ़त में पड़ेंगे
हम ज़िन्दा थे हम ज़िन्दा हैं हम ज़िन्दा रहेंगे

जब सुस्त सा पड़ जाएगा तोपों का धमाका
साहिल के क़रीं[90] आएगा जब जंग का बेड़ा
लेनीन के हाथों से पलट जाएगी काया
अब नाम-ओ-निशाँ ज़ार के मिट्टी में मिलेंगे
हम ज़िन्दा थे हम ज़िन्दा हैं हम ज़िन्दा रहेंगे

अब हम उफ़के-रूस से होते हैं नुमायाँ
दुनिया के लिए है ये नई सुबहे-बहाराँ
अब इक नई तहज़ीब है जलवा दहे-दौराँ[91]
तारीख़-ओ-तमद्दुन के नए बाब खुलेंगे
हम ज़िन्दा थे हम ज़िन्दा हैं हम ज़िन्दा रहेंगे

इन्सान की वहदत[92] कभी तबक़ों में बटी थी
ता देर ये तक़सीम रही शर्ते-तरक़्क़ी
साइन्स ने अब इसकी ज़रूरत ही मिटा दी
इस दौर में सब छोटे बड़े एक बनेंगे
हम ज़िन्दा थे हम ज़िन्दा हैं हम ज़िन्दा रहेंगे

जब रूस के मतलअ[93] से हुआ नूर का तड़का
सरमायापरस्ती का चिराग़ और भी भड़का
हिटलर का गरजना है कि बिजली का है कड़का
सुनकर बरे-आज़म भी जिसे काँप उठेंगे
हम ज़िन्दा थे हम ज़िन्दा हैं हम ज़िन्दा रहेंगे

वो जंग फिर इस दौर में हो जाएगी बरपा
तारीख़े-बशर[94] याद न आ जाए तो कहना
अय्यामे-जवानी में तुझे दूध छठी का
ये कहते हुए आग में हम कूद पड़ेंगे
हम ज़िन्दा थे हम ज़िन्दा हैं हम ज़िन्दा रहेंगे

हम शेर ये रूबाह जो हम कोह तो ये काह[95]
दुनिया से हैं मिटने ही को अब सेठ जी ज़ीजाह
हम जुग के नुमाइन्दे हैं ये रान्दए-दरगाह[96]
फटकार बरसती है ये क्या हमसे लड़ेंगे
हम ज़िन्दा थे हम ज़िन्दा हैं हम ज़िन्दा रहेंगे

अफ़लाक की तदबीर इन्हें मार चुकी है
दीवार की तहरीर इन्हें मार चुकी है
जमहूर की तक़दीर इन्हें मार चुकी है
अब अम्न हो या जंग ये जीते न बचेंगे
हम ज़िन्दा थे हम ज़िन्दा हैं हम ज़िन्दा रहेंगे

अब ज़ुल्म के ऐवान[97] की बुनियाद हिलेगी
इस ज़लज़ले में ईंट से यूँ ईंट बजेगी
कानों पड़ी आवाज़ सुनाई नहीं देगी
थर्राते हुए कंगूरे इस घर के गिरेंगे
हम ज़िन्दा थे हम ज़िन्दा हैं हम ज़िन्दा रहेंगे

हम वारिसे-मुस्तक़बिल-ओ-तक़दीरे-जमाँ[98] हैं
हम मन्ज़िले-मक़सूदे-जहाने-गुज़राँ[99] हैं
हम अपनी कहानी ब हदीसे-दिगराँ[100] हैं
कुछ करके दिखा जाएँगे क्या याद करेंगे
हम ज़िन्दा थे हम ज़िन्दा हैं हम ज़िन्दा रहेंगे

रन जीत के छोड़ेंगे ये पैमान[101] है अपना
इस अस्त्र का हमज़ाद[102] निगहबान है अपना
तसख़ीरे-क़ज़ा-ओ-क़दर ईमान है अपना
हम हैं वो मुजाहिद[103] कि मशीयत[104] से लड़ेंगे
हम ज़िन्दा थे हम ज़िन्दा हैं हम ज़िन्दा रहेंगे

लो जंग क़दीम ख़त्म हुई, अब वो ज़माना
आता है जिसे अपने ही हाथों है बनाना
इस जंग के वो तल्ख़ सबक़ भूल न जाना
भूलेंगे अगर इनको तो जोखों में पड़ेंगे
हम ज़िन्दा थे हम ज़िन्दा हैं हम ज़िन्दा रहेंगे

सरमाये की दुनिया पै गुसल्लत[105] है शबे-तार
हम अब उफ़क़े-चीन से होते हैं सहरकार
ये अम्न का सूरज ये नया मतलए-अनवार[106]
सरमाए के अब अन्धे चिराग़ आप बुझेंगे
हम ज़िन्दा थे हम ज़िन्दा हैं हम ज़िन्दा रहेंगे

सरमाय-ए-मजरूह[107] में अब दम नहीं इतना
इक सैर है बिसमिल के तड़पने का तमाशा
अब जंगे-सोयम[108] छेड़ना आसान न होगा
तख़रीब के इफ़रीत[109] को हम कील चुकेंगे
हम ज़िन्दा थे हम ज़िन्दा हैं हम ज़िन्दा रहेंगे

वो हिन्द की तहज़ीब-ओ-तमद्दुन के ज़माने
अफ़साना दर अफ़साना[110] हैं यारो ये फ़साने
सुलतानिए-जमहूर[111] के गा-गा के तराने
फिर हिन्द के क़ालिब में नई रूह भरेंगे
हम ज़िन्दा थे हम ज़िन्दा हैं हम ज़िन्दा रहेंगे

हम अस्र[112] को हैं तेरे पयाम ए नई दुनिया
रोशन हुए तेरे दर-ओ-बाम ए नई दुनिया
ये सुर्ख़ सवेरा है सलाम ए नई दुनिया
जब देखेंगे तुझको तो हमें याद करेंगे
हम ज़िन्दा थे हम ज़िन्दा हैं हम ज़िन्दा रहेंगे

सन्दर्भ

1. युगों 2. समय की कठिनाइयों, मुसीबतों 3,4. सागर, पृथ्वी, आकाश 5. पर्वत 6. पंचभूत 7. दौर, युग 8. युद्ध 9. भूत-प्रेत और हिंसक पशु 10. अन्धकारमय युग 11. चकित 12. आँचल के नीचे दीप अर्थात् जिस दीप को हवा से बचाने के लिए आँचल से छिपाया जाए 13. अत्याचार के बन्दी 14. तीर 15. काँटों भरी 16. भयानक दृश्यों 17. चिनगारी बरसाता वातावरण 18. कारागार की अँधेरी रात 19. प्रकृति के अन्यायों, ईश्वर की इच्छा से होनेवाली ज़्यादतियों 20. अपरिचित अंधकार को अपनी चेतना से हिला मिला लेंगे 21. हाथियों 22. आकाशों 23. धुरी 24. जंगल पहाड़ 25. प्रकृति 26. जीवन के सुख 27,28. उदास दिल पूरी सभा को उदास कर देता है 29,30,31. धरती, आकाश और निवास स्थान की आत्मा 32. उठ 33. दुनिया की जान, संसार की प्रेयसी 34.,35. अज़ = से, ख़्वाबे-गराँ = लम्बी नींद से 36. इतिहास की देवी, 37. जब मनुष्य जंगलों में रहता था 38. खेती 39. प्रकृति के लाभ न पहुँचाने 40. वैर की धूल 41. सुकुमारिता, कोमलता, पवित्रता की गन्ध 42. धरती के निवासी 43. स्वर्ग समाज, स्वर्ग के बराबर 44. बुलबुल की आवाज़ 45. गरोह, जाति 46. दासता के बोझ का जुवा 47. टक्कर 48. आँसू 49. मुस्कान 50. भेदभाव 51. पाठ 52. सूर्य, चन्द्र 53. शानदार, भव्य 54. प्रसन्न, आनन्दित 55. कलाकार 56. चित्रकार 57. गगनचुम्बी 58. पूर्वज 59. मिस्री पिरामिडों की इज़्ज़त 60. इब्नेबराहीम = इबराहीम की औलाद, फ़िरऔन के अत्याचारों के कारण मूसा के अनुयायियों को नीलघाटी छोड़नी पड़ी थी। ये सब अपना पूर्वज इब्राहीम पैग़म्बर को मानते हैं 61. धनवान 62. महात्मा बुद्ध 63. सुक़रात को विष पीना पड़ा था 64. ईसा को सूली पर चढ़ना पड़ा था 65. संस्कृति 66. हज़रत मुहम्मद को अरबवालों के अत्याचारों के कारण मक्के से मदीने को प्रस्थान करना पड़ा था 67. मारनेवाले 68. मरनेवाले 69. सभ्यता के पालक, पोषक 70. नियम और व्यवस्था 71. विद्वानों की विद्वत्ता और पंडितों का संयम 72. ये महत्त्वपूर्ण अध्याय इतिहास की शोभा बनेंगे 73. गुलामी के दौर 74. पूँजीवाद का झंडा उठानेवाले 75. महाद्वीप 76. लपेट में, चोट खाने की राह में 77. विश्व विजयी 78. राष्ट्रों की स्वाधीनता 79. प्राचीन काल में युद्ध के समय दोनों पक्षों के वीर रणक्षेत्र में अपने देश और पूर्वजों की वीरता के गुणगान करते उतरते थे। इस युग में पूँजीवादी और साम्राज्यवादी देश अनेक देशों में अपने जाल फैलाकर उनसे कहेंगे कि वो संसार की महान् जाति हैं और हमें अन्य राष्ट्रों के नेतृत्व का अधिकार है। 80. राष्ट्रों के नेतृत्व 81. मनहूस या अशुभ क़दमवाले 82. अपने अधीन 83. जल-थल-आकाश 84. रहस्य 85. अब समय की

काकुलें सँवर चुकी हैं अब उसे कंधे की आवश्यकता नहीं 86. चौंधिया देंगे 87. चमत्कार 88. संस्कृति के विधान 89. तेज़ी, तीव्रगति 90. निकट 91. समय को दर्शन देनेवाली 92. एकता 93. उदय स्थल 94. मानव इतिहास 95. तिनका 96. घर 97. महल 98. हम भविष्य और युग के भाग्य के वारिस हैं 99. गुज़रते हुए संसार के गन्तव्य स्थान 100. दूसरों की ज़बानी 101. प्रतिज्ञा 102. आत्मा 103. सत्य के लिए लड़नेवाले 104. ईश्वरेच्छा 105. छाई है 106. प्रकाशमय उदयस्थल 107. घायल पूँजी 108. तीसरा युद्ध 109. विध्वंस विनाश का राक्षस 110. कहानी में कहानी 111. जनराज 112. युग।

क़ैदी

इस कविता का विषय है आज़ादी के बाद का बन्दी भारत या क़ैदी हिन्दुस्तान। इसमें कुछ फ़ारसी अरबी के ऐसे शब्द अवश्य आ गए हैं जो केवल हिन्दी जाननेवालों के लिए कुछ कठिन हैं लेकिन ये शब्द कृत्रिम नहीं हैं न ज़बरदस्ती लाए गए हैं। उर्दू के शिक्षित और मध्यवर्गीय समाज में ये शब्द किताबी नहीं समझे जाते सभ्य बोलचाल के टुकड़े समझे जाते हैं, लेकिन पंक्तियों में और वाक्यों में कहीं हिन्दीवालों को भी झोल या उलझाव न मिलेगा। अगर वाक्य, स्वाभाविक हो और साँचे में ढला हुआ हो तो एकाध कठिन शब्द भी कविता को समझने में, उससे प्रभावित होने में और उसके रसास्वादन में रोड़े नहीं अटकाते। इस कविता में दिखाया यह गया है कि स्वतन्त्र होकर भी हम क़ैदी हैं। हमारा भूतकाल या हमारा अतीत हड्डियों की माला हमारे गले में डाल गया है। अपनी जीवन-प्रथा बदल न सकने के कारण अतीत से अन्धे प्रेम के कारण और मौजूदा परिस्थिति के कारण हमारा जीवन अब तक अनेक विपत्तियों से ग्रसित है। कविता की ध्वनि पर पाठक विशेष रूप से ध्यान दें।

अब एक ज़माने से बे दस्त-ओ-पा[1] हैं तदबीरें
कहाँ हैं सोई हुई क़ैदियों की तक़दीरें
दिमाग़-ओ-दिल पै यहाँ बेड़ियाँ हैं मज़हब की
गले से लिपटी हुई माज़ियों[2] की जंजीरें
कलाइयों में रसूमे-कोहन[3] की हथकड़ियाँ
ख़मीदा पुश्त पै सदियों की सख़्त ताज़ीरें[4]
तमाम बादे-हवाई य शोरे-बेहंगाम[5]
ये धूमधाम ये जयकार और ये तक़रीरें
नहीं जो नानेशबीना[6] तो बहसे-कल्चर है
ज़मीं पै बेसरोसामाँ ख़ला में तामीरें[7]
कड़क रही है कमाने-क़ज़ाए-नाशुदनी[8]

चमक रही हैं खुली गर्दनों पे शम्शीरें
धुआँ हैं वक़्त की नब्ज़ें य दौरे बुरहानी[9]
फ़राज़े-अर्शकी[10] हिलती नहीं हैं ज़ंजीरें
हर एक को शामे-ग़रीबाँ की याद आने लगी
अब इतनी माँद हैं सुब्हे-वतन की तनवीरें[11]
यहाँ बजाय अमल सिर्फ़ ज़िक्रे-गीता है
बजाय इल्म किताबों की मुर्दा तफ़सीरें[12]
जो चलती फिरती नज़र आ रही हैं चार तरफ़
वो ज़िन्दगी की हैं या मौत की हैं तस्वीरें
अज़ल[13] ही से ये रही कातिबों[14] की तख़्तए-मश्क़[15]
जबीने-हिन्द की गुँजलक से पुर हैं तहरीरें[16]
मुदब्बिराने-वतन[17] से ये कोई कह देता
हमें मिटा के न रख दें तुम्हारी तदबीरें
बजा ये क़ौल कि देर आयद ओ दुरस्त आयद[18]
मज़ा अबद[19] का चखाने लगी हैं ताख़ीरें[20]
हुई हैं आइना मुद्दत के बाद ज़ार-ओ-दरेग़[21]
सफ़ेद ख़ूने-हकूमत[22] में फूटी तक़दीरें
बला से दादे-सआदतवरी[23] तो देते हैं
भुगत रहे हैं हम अजदाद की जो तक़सीरें[24]
हयाते-मौत[25] नुमा फ़ाक़ा सिस्कियाँ आँसू
ग़म-ओ-मुसीबत-ओ-नकबत[26] हमारी जागीरें
ज़हे[27] तसव्वुरे-माया[28] ख़ुशा[29] येहाले-ज़बूँ[30]
वो ख़्वाबे-अहले-सलफ़[31] था ये उसकी ताबीरें[32]
यहाँ बलाएँ भी बहुरूप भर के आती हैं
ये ज़ह्र ख़न्दनुमा[33] रहबरों की तक़रीरें
फ़सुर्दा[34] सीने भी लौ दे उठे, दमकने लगे
हरीफ़[35] देख ले मेरी ग़ज़ल की तासीरें
पयाम सदियों के मन्सूख़ होनेवाले हैं
दहक रही हैं लबे-गर्म पर वो तक़रीरें
पयामे[36]-ख़्वाबे-अजल हैं ये अहले-ज़िन्दाँ[37] को
'फ़िराक़' नालए-नाक़ूस[38] हो कि तकबीरें[39]

सन्दर्भ

1. अपाहिज, विवश 2. अतीत 3. पुरानी रस्मों, रूढ़ियों 4. झुकी पीठ पर सदियों के दंड स्वरूप भार 5. सारी हवाई बातें और असमय शोर 6. रात की रोटी, भोजन 7. धरती पर तो बेघरबार के हैं और शून्य में हवाई क़िले बना रहे हैं 8. अपशकुन के रूप में मृत्यु की कमान कड़क रही है 9. बुद्धिवाद का युग 10. अर्श की ऊँचाई, अर्श को ईश्वर का निवास स्थान माना जाता है, जो आकाश पर है 11. ज्योति 12. टीका, व्याख्या 13,14,15. अनादि काल से लिखनेवालों के अभ्यास पुस्तक के सामान रहीं 16. भारत के माथे, भाग्य की लिखावट अस्पष्ट सी है 17. देश के नेताओं 18. देर का काम ठीक होता है 19. अनन्त काल 20. देर लगाना 21. दुहाई है कि मुद्दत के बाद व्यक्त हुई हैं 22. जिस शासन का खून सफ़ेद हो गया अर्थात् जो शासन सद्भाव और सद् प्रेरणाहीन हो चुका है 23. आज्ञा पालन का कर्तव्य तो पूरा करते हैं 24. अपराध 25. मौत जैसी ज़िन्दगी 26. दुर्भाग्य, दारिद्र 27. धन्य 28. मायावाद 29. अहो 30. दुर्दशा 31. पूर्वजों के सामने 32. स्वप्न फल 33. विषम मुस्कान के समान 34. बुझे हुए 35. प्रतिद्वन्द्वी 36. मौत की नीति का सन्देश 37. बन्दियों 38. शंखनाद 39. अल्लाहो अकबर का नारा।

चीन की महाक्रान्ति और विश्वशान्ति

ये रुबाइयाँ अखिल भारतीय प्रगतिशील लेखक सम्मेलन के दिल्ली के इजलास में 7 मार्च 1953 को पढ़ी गईं। हमारे देश में इसकी भारी आवश्यकता है कि हमारी जातीय चेतना बीसवीं सदी के सबसे बड़े सन्देश को ग्रहण कर ले। वह सन्देश हैं रूस और चीन की महाक्रान्तियाँ। इन क्रान्तियों से मानवता का इतिहास बदल गया है और बदलता चला जा रहा है। मेरी कविताओं के इस संग्रह में कई कविताएँ अनेक शीर्षकों से मिलेंगी जिनमें मैंने भारतीय चेतना को उकसाकर यह अनुभव कराना चाहा है कि ये क्रान्तियाँ इस सदी की सबसे महत्त्वपूर्ण घटनाएँ हैं। इन क्रान्तियों का क्षेत्र विश्वव्यापी है और इनके फलस्वरूप दुनिया एक ऐसे नए युग में प्रवेश कर रही है जहाँ सुख, सम्पत्ति, नैतिक, सांस्कृतिक और मानसिक उन्नति से जीवन अलंकृत होगा और जीवन का स्तर स्थायी रूप से ऊपर उठ जाएगा। अब हम आपको चीन ले चलते हैं।

मँडलाई कई करोड़ हाथों की घटा
गुलज़ार कई करोड़ चेहरों का खिला
जल उट्ठे कई करोड़ सीनों में चराग़
परदा-सा कई करोड़ आँखों से उठा

लहराई कई करोड़ झंडों से फ़िज़ा
तूफ़ान कई करोड़ बल खाके उठा
उभरे वह कई करोड़ जनता के क़दम
गूँजी वह कई करोड़ जनता की सदा

जागी है कई करोड़ जतनों से हयात
रक़साँ हैं कई करोड़ रंगीं लमहात
होती है कई करोड़ शामों की सहर
कटती है कई करोड़ सपनों की रात

वह किश्ते-जिहादे-अस्र[1] लहकी लहकी
खेतों की सुहानी साँस महकी महकी
साज़े-इमरोज़[2] में वो सोज़े-फ़र्दा[3]
वो आतिशे-इन्क़लाब[4] दहकी दहकी

यह वलवला, यह उमंग, दरिया दरिया
यह शोलए-बेदरंग[5] सहरा-सहरा
यह जलव-ए-इन्क़लाब आलम-आलम[6]
यह परतवे-इन्क़लाब दुनिया-दुनिया

पेशानिए-चीन[7] जगमगाई हुई आज
उट्ठी है हयात गीत गाती हुई आज
तक़दीरें वक़्त के दरीचों[8] से इधर
वह झाँक रही हैं मुस्कराती हुई आज

शोलासा जरस[9] में कुछ मचलता हुआ आज
वो जादुए-इन्क़लाब जलता हुआ आज
बढ़ता है उफ़क़से[10] कारवाने-मशरिक़
हर फ़ित्न-ओ-शरका सर कुचलता हुआ आज

उठती हैं वक़्त की नक़ाबें फिर आज
ढलती हैं फ़लक-फ़गन[11] शराबें फिर आज
ज़ंजीरें-फ़राज़े-अर्श[12] फिर हिलती हैं
खिंचती हैं ज़मीन की तनाबें[13] फिर आज

फटते ज्वालामुखी का होता है गुमाँ
दहकी हुई छातियों से उठता है धुवाँ
बरसेंगे आफ़ताब[14] इस बादल से
जाता है आग में नहाने इन्सान

हाथों में अनाने-वक़्त[15] लेनेवाले
बेड़े तारीख़े-नौके खेनेवाले
सफ़ अन्दर सफ़ उभरते हैं क़लअ शिकन[16]
रूई से पहाड़ तोड़ देनेवाले

सीनों में अजल को आड़ देनेवाले
झंडे महशर[17] में गाड़ देनेवाले
बढ़ते हैं गोलियों की बौछारों में
तोपों का दहाना फाड़ देनेवाले

आपस में नए क़ौल-ओ-क़सम लेते हैं
फिर जायज़-हाय-कैफ़-ओ-कम[18] लेते हैं
संसार की सबसे बड़ी आबादी में
बाहम[19] नए सम्बन्ध जन्म लेते हैं

झटके हैं क़यामत के ग़ज़ब की है पकड़
जुल्म और सितम जाएँगे अब जड़ से उखड़
बाँहों की मछलियाँ फड़क जाती हैं
ज़ंजीरें टूटती हैं कड़ कड़ कड़ कड़

दश्त-ओ-गुलज़ार-ओ-कोह-ओ-दरिया आज़ाद
गोशा-गोशा[20] व ख़ित्ता-ख़ित्ता आज़ाद
साक़ी मैख़ाना जाम मीना आज़ाद
रोज़-ओ-मह[21]-ओ-साल-ओ-लमहा लमहा[22] आज़ाद

मेहे-ज़ुल्मात-सोज़ ताबिन्दा[23] बाद
ज़िन्दाबाद ए हयाते-नौ[24] ज़िन्दाबाद
रन बोल रहा है तेरी आहट पाकर
ऐ चीन के इन्क़लाब पाइन्दाबाद[25]

पूरी हुई गुलिस्ताने-मशरिक़ की कमी
शाख़ों की रगों में शाख़ लेती है नमी
लेते हैं फुरेरी नौनिहालाने-चमन
यह रू-ब-नुमू हयात[26] यह ताज़ा-दमी

वह चीन करिश्मा साज़े-अहदे-ज़र्री[27]
फूँका दिले-एशिया में अफ़्सूने-यक़ीं[28]
औहामे-नीमजाँने[29] दम तोड़ दिया
ज़िन्दा नई फ़िक्रियातने साँसें लीं

आज एक नई दास्तान होती है शुरूअ
सूरज है मलूकियत का मग़रिब को रुजुअ[30]
यह शोलए-रूसयाह होता है ग़ुरूब[31]
अब चीन में इन्क़लाब होता है तुलूअ[32]

ज़ंजीरे-शबे-दराज़े-ग़म[33] टूटती है
अब मंज़िले-ख़्वाबे-बेकराँ छूटती है
यह साज़े-नसीमे-सुब्ह[34] यह सोज़े-तलूअ[35]
मशरिक़ में नई सहर की पौ फटती है

मुर्दों से जो शर्त बाँधकर सोई थी
वह एक हयात जो न सदियों चौंकी
अफ़सुर्दा फ़िज़ा ने साँस ली पिछले पहर
ज़र्रे-ज़र्रे में ज़िन्दगी दौड़ गई

मशरिक़ की बिसात[36] पर वह रफ़्तारे-हयात
हर गाम पै तीरगी वो खाती हुई मात
वो चंचल अँगुलियों से छेड़े हुए साज़
वह राग असावरी वो कटती हुई रात

यह किसने दिया मौत के जादू को पलट
अब रात के सीने का निकलता है कपट
यह टूटना सदियों की गराँख़्वाबी[37] का
शहनाज़े-हयात[38] का वो लेना करवट

वह लाल किरन उरूसे-मशरिक़[39] का सुहाग
वह सोज़े-सीना ज़िन्दगी की वह आग
गर्मीये-अमल के उठते शोलों की लपक
बेदारिए-नौकी भैरवी का वह राग

पेशानिए-एशिया पै सतरंग सहर
दामाने-नज़र में बारिश-लाल-ओ-गुहर[40]
वह लाखों नगों की थरथराती हुई छूट
मशरिक़ के ललाट का चमकता झूमर

तख़लीक़े-हयाते-नौका वो गहवारा[41]
मशरिक़ की जवानियों का चढ़ता पारा
वो जीता-जागता मुहब्बत का पयाम
वो चीन इस जुग की आँख का वह तारा

वह एक अरब हाथ लुटाते हुए जस
इस जोशे-हयात पर नहीं मौत का बस
यह नुस्ख़ए-कीमिया[42] असर से जिसके
कंकन कंचन हुआ और पत्थर पारस

खुलता है अहमतरीन बाबे-तारीख़[43]
यह शोलए-नग़मए-रबाबे-तारीख़[44]
यह सीन-ए-वक़्त में दहकती हुई आग
अँगड़ाइयाँ लेता है शबाबे-तारीख़[45]

ए चीन तेरी रियाज़ते-आली है
किन किन साँचों में ज़िन्दगी ढाली है
उस साधन को सराहिए जिसने तेरा
क़ालिब ही नहीं रूह बदल डाली है

मशरिक़ को नया तसव्वुरे-जीस्त[46] दिया
हस्ती बदली शऊरे-हस्ती[47] बदला
वह मौत का देरीना फ़ुसूँ[48] टूट गया
आँखें खुलीं ज़िन्दगी का जादू जागा

सेहरा है नए निज़ाम[49] का चीन के सर
बदला है सिरे से मअनिए-ख़ैर-ओ-शर[50]
साँचे में हयात ढल रही है शब-ओ-रोज़
परवर्द-ए-इन्क़लाब हैं शाम-ओ-सहर

वो गाँव, वो शह्र, वो अदारे-ज़ीशान[51]
इल्म-ओ-फ़न-ओ-फ़लसफ़ा पै चढ़ती हुई सान
वो खेत, वो घर, वो लहलहाते हुए बाग़
वो चाँद सी कन्याएँ वो सूरज से जवान

वो यूनिवर्सिटियाँ वो लाखों स्कूल
हर सू नई ज़िन्दगी के खिलते हुए फूल
वो गाती हुई नई मस्तियों की लय
वो एक नई सभ्यता के आईन-ओ असूल

वो चीन वो अमने-एशिया का ज़ामिन[52]
वो चीन कि एक जिसका ज़ाहिर बातिन[53]
पैग़म्बरे-सुल्हकुल इमामे-ए-तहज़ीब[54]
वो चीन कि मशरिक़ के फिरे जिससे दिन

शाइस्तए-इन्क़लाब[55] इन्साँ का वतन
जुग के सूरज का जगमगाता दर्पन
वह नग़मए-ज़िन्दगी का बजता हुआ साज़
वो सारे एशिया के दिल की धड़कन

अमरीका उसी चीन को धमकाता है
मिट्टी में मिलाने की क़सम खाता है
ए हिन्द की ग़ैरत-ओ-शराफ़त[56] तुफ़ तुफ़[57]
क्यों तुमको नहीं जलाल आ जाता है

अमरीका में फ़ैज़े-जेह्ल[58] फिर जारी है
हर चार तरफ़ जंग की तैयारी है
तहज़ीब के ये दुश्मने जानी, हैं, आज
सालारे-जहाँ[59] समय की बलिहारी है

फिर चीन को मेटने की तैयारी है
शहरों पर उसके अज़्मे-बम्बारी[60] है
अमरीका से एशिया की क़ौमो, हुशियार
वह रात इस अर्ज़े-पाक[61] पर भारी है

अन्धेर ये कैसे होने देते हैं नदीम[62]
अमरीका की दरिन्दगी है तसलीम
हम बैठे देखते हैं और होता है
तारीख़े-कायनात का जुर्मे-अज़ीम[63]

फुँकता है एशिया वो शोला उट्ठा
ये आग बुझाने को उठे अपनी बला
हो चीन के मिटने की न जिनको कोई फ़िक्र
भारत-प्रेम एक ढोंग है ऐसों का

हर काम तमद्दुन के बिगड़ जाएँगे
दुनिया में अलम मौत के गड़ जाएँगे
सँवला जाएगा आफ़ताबे-तहज़ीब
रुख़सारे-फ़िज़ा पै नील पड जाएँगे

इन शोलों से जहान जल जाएगा
धरती क्या आस्मान जल जाएगा
क़रनों का किया धरा बयक-चश्म-ज़दन
बेशुबहा व बेगुमान जल जाएगा

फुँकता है जो एशिया तो फुँक जाने दो
आतिशबाज़ों को आग बरसाने दो
गर चीन भी मिट जाए तो ग़म क्या हम को
भारत की सभ्यता के गुन गाने दो

जिस अमरीका की ये खुली नीयत है
मासूमों के लहू से जो लतपत है
जो दुश्मने-एशिया है खुल्लमखुल्ला
उस अमरीका से दोस्ती, लानत है !

जाएगा अगर चीन का बेड़ा ही डूब
हो जाएगा जब चीन का सूरज की गुरूब
जब चीन की तहज़ीब मिटा डालेंगे
बच जाएगी तहज़ीब हमारी क्या ख़ूब !

है ख़तरे में हिन्द का भी नंग-ओ-नामूस[64]
है हिन्द की सरकार भी उनसे मानूस[65]
मालूम नहीं क्या हमें जिस घात में हैं
अमरीका के यहाँ हज़ारों जासूस

हम और सहें यह एशिया की ज़िल्लत
होने दें हम चीन पर ऐसी बिदअत[66]
हमको क्या हो गया है ऐ मादरे-हिन्द
यह घुन लगी शर्म-ओ-किर्म ख़ुर्दा ग़ैरत[67]

अमरीका की दुनिया में ये जुरअत होती
यूँ चीन को धमकाने की हिम्मत होती
गुद्दी से ज़बान खींच लेते उसकी
कुछ अह्ले-हिन्द में जो ग़ैरत होती

जो चीन की इतनी बड़ी तहज़ीब मिटाए
जो चीन का लहलहाता गुलज़ार जलाए
तुम मर्द हो यारो तो समझ लो इससे
यह मुजरिमे-तारीख़े-बशर[68] बच के न जाए

अमरीका के ये हामिए-जंग-ओ-पैकार
जिनसे है खुद अमरीका की जनता बेज़ार
दुनिया को जो चैन दें न ख़ुद को दें चैन
आता है अम्न के तसव्वुर से बुख़ार

है चीन की जीत हर तमन्ना की जीत
है चीन की जीत लोक जनता की जीत
अमरीका की है, शिकस्त[69] हो अम्न कि जंग
है चीन की जीत सारी दुनिया की जीत

हैं कितनी मलूकियत[70] की चालें मोटी
कर देंगे मलूकियत की राहें खोटी
इस बार उड़ा-उड़ा के रख देगा चीन
अमरीका के डाकुओं की बोटी-बोटी

अमरीका ने जामे-ख़ुदख़ुशी[71] ढाला है
फन्दा अपने गले में ख़ुद डाला है
गर जंग हुई तो ख़ातमा है उसका
गर सुलह रही तो साफ़ दीवाला है

कट जाएगा ये पाप जब अमरीका का
एक रोज़ ज़माना तुमसे ये पूछेगा
ऐ हिन्दनिवासियो ! ज़रा यह तो बताओ
गो चीन तो बच गया है; क्या तुमने किया

इन यांकियों[72] से आदमीयत को बचाओ
डालर की खनक सुनके न इतना ललचाओ
शैतान के इन मातबर एजेण्टों को
अब पहली ट्रेन से जहन्नुम पहुँचाओ

तहज़ीब की खेती को न बनने दो अलाव
अमरीका लगाता है जो आग उसको बुझाओ
है अम्ने-जहाँ आज बड़े ख़तरे में
उसको दो सौ करोड़ हाथों से बचाओ

फिर चीन से अपने भाईचारे को बढ़ाओ
बिछुड़े हुए भाइयों को सीने से लगाओ
बढ़ जाओ उन अम्नकोश[73] हाथों की तरफ़
फिर चीन से मिलकर नई तारीख़ बनाओ

दुनिया पर बन के अब्रे-रहमत[74] छा जाओ
उमड़ो, घुमड़ो, लहक के झूमो, मँडलाओ
तपती हुई ज़िन्दगी पै छाजों बरसो
धरती की प्यास आज अमृत से बुझाओ

सन्दर्भ

1. युग के धर्मयुद्ध की खेती 2. आज (वर्तमान) का साज़ 3. कल (भविष्य) का सोज़ 4. क्रान्ति की आग 5. निर्भीक लपटें 6. संसार 7. चीन का माथा 8. खिड़कियों 9. बीन, बिगुल 10. क्षितिज 11. वह शराब जो आकाश को भी ढा दे 12. अर्श की ऊँचाई की ज़ंजीर 13. डोरी जिससे तम्बू ताना जाता है 14. सूर्य 15. समय की लगाम 16. क़िला तोड़नेवाले 17. क़ियामत, प्रलय 18. नई पुरानी बातों का निरीक्षण 19. परस्पर 20. कोना 21,22. मास,

महीना क्षण 23. अन्धकार को जलाने या दूर करनेवाला सूर्य चमकता रहे 24. ‌ जीवन 25. चिरस्थायी हो 26. आगे बढ़ता हुआ जीवन 27. स्वर्ण युग का करिश्मा दि नेवाला 28. विश्वास का जादू 29. अधमरे भ्रमों 30. पश्चिम की ओर जा रहा है 31. अस्त .2. उदय 33. दुख की लम्बी रात 34. प्रभात समीर 35. उदय होने का सोज़ 36. शतरंज खेलने की बिसात, यहाँ पूर्व की धरती या पूर्वीय देशों से मतलब है 37. लम्बी नींद 38. जीवन-सुन्दरी 39. पूर्व की वधू 40. दृष्टि के अंचल में लाल और मोती की वर्षा 41. नए जीवन के निर्माण का पालना 42. कीमिया, सोना चाँदी बनाने का नुस्ख़ा 43. इतिहास का महत्त्वपूर्ण अध्याय 44. इतिहास के रबाब, एक साज़ के संगीत की लपट 45. इतिहास की जवानी 46. जीवन की कल्पना 47. जीवन की चेतना 48. पुराना जादू 49. नई व्यवस्था 50. बुराई भलाई के अर्थ बदल गए हैं 51. शानदार संस्थाएँ 52. ज़मानत लेनेवाला 53. बाहर, भीतर 54. शान्ति का सन्देशवाहक, अवतार और सभ्यता का नेतृत्व करनेवाला 55. जिसको जीवन की साधना क्रान्ति ने सिखाई हो 56. सम्मान, स्वाभिमान और सज्जनता 57. थू थू, छी छी 58. मूर्खता की बरकत 59. संसार का नेता 60. बम वर्षा का इरादा, हौसला 61. पवित्र भूमि 62. साथी 63. सृष्टि के इतिहास का महान् अपराध 64. मान-मर्यादा 65. परिचित 66. नई बात, बुराई 67. घुन लगी शर्म और लाज 68. मानव इतिहास का अपराधी 69. हार 70. साम्राज्य 71. आत्महत्या का प्याला भरा है 72. अमरीकनों के लिए अपमानसूचक शब्द 73. शान्ति के लिए प्रयत्नशील 74. दया और कल्याण के बादल।

देखते रहो

फ़ारसी और उर्दू कविता में तुक (क़ाफ़िया) के अलावा बहुत अवसरों पर एक शब्द या अनेक शब्द कभी-कभी हर पंक्ति और कभी-कभी हर शेर में दोहराए जाते हैं या बार-बार आते हैं। इस बार-बार आनेवाले टुकड़े को 'रदीफ़' कहते हैं। क़ाफ़िया और रदीफ़ मिलकर एक दूसरे को निखार देते हैं और चमका देते हैं। यह बात शायद भारत की किसी और भाषा में नहीं है। ये दो कविताएँ—'देखते रहो' और 'जागते रहो' वर्तमान भारतीय और अन्तर्राष्ट्रीय परिस्थिति के अनेक पहलुओं की तरफ़ इशारे करती हैं। पहली कविता में क़ाफ़िया 'जहाँ, समाँ, धुआँ' है और रदीफ़ 'देखते रहो'। दूसरी कविता में क़ाफ़िया है 'नज़र, ख़बर, मगर, इधर, उधर' और रदीफ़ है 'जागते रहो'। पहली कविता में प्रायः जो परिवर्तन दुनिया में हो रहे हैं अर्थात् एक बदलती हुई दुनिया की झलकियाँ दिखाई गई हैं। दूसरी कविता में जनताविरोधी साम्राजी और विश्वशान्ति भंग करनेवाली शक्तियों की कार्रवाइयों के बारे में चेतावनी दी गई है।

क्या रंग ला रहा है जहाँ देखते रहो
इस मयकदेको[1] रक़्सकनाँ[2] देखते रहो
वह शोरे-बेअमाँ[3] कि लपकती हैं बिजलियाँ
ये हाय-हुए-ज़िन्दा-दिलाँ देखते रहो

आते हैं रौंदते हुए हर तख़्त-ओ-ताज को
औरंग-ओ-शाने-कजकुलहाँ[4] देखते रहो
जन्नत उतार लाएगा रूए ज़मीन पर
इन्सानियत का अज़्मे-जवाँ देखते रहो

ऐनुलयक़ीं जिन्हें है दवामे-मलूकियत[5]
पाएँगे इसको वह्म-ओ-गुमाँ[6] देखते रहो
देते हैं एक जहान को डालर की जो अमाँ[7]
छिन जाएगी अब उनकी अमाँ देखते रहो

जो मौत बेचते हैं ज़माने के हाथ आज
फुँकने को है कल उनकी दुकाँ देखते रहो
रूस और चीन की जो मनाते हैं मौत आज
कल होंगे अपने मर्सियाख़्वाँ[8] देखते रहो

क्या चुटकियों में वक़्त की हैं तीर-बेपनाह
अफ़लाक[9] की लचकती कमाँ देखते रहो
बनने को है वो मक़तले-हुक्कामे-जोर-ओ-ज़ुल्म[10]
हंगामा ज़ारे-आह-ओ-फ़ुग़ाँ[11] देखते रहो

टूटे वो क़ैद-ओ-मज़हब-ओ-माज़ी बढ़ी हयात
होता है अब मुक़ाम कहाँ देखते रहो
उजड़े खंडर वो मौत ने जिनको सुला दिया
देगी वहाँ हयात अज़ाँ[12] देखते रहो

अब शोरे-दार-ओ-गीर[13] से गूँजेंगी वादियाँ
थर्रा उठेंगे कोहे-गराँ देखते रहो
होने को है बलन्द अलम[14] अब अवाम के
मिटते हैं नामियों के निशाँ देखते रहो

ख़ायफ़ निगाहे-ख़ाक-नशीनाँ[15]बदल चली
उठती है अब ये नोके सनाँ देखते रहो
मुनइमपर[16] एक ख़ौफ़ज़दासा सकूत है
मुफ़लिस की धनगरज का समाँ देखते रहो

बेचैन बत्ने-ग़ैब में हैं मेह्र-इन्क़लाब[17]
गुल हैं चराग़े-कौन-ओ-मकाँ देखते रहो
अफ़लाक को तलाश नए मेह्र-ओ-मह[18] की है
मिटती है मेह्र-ओ-महकी अनाँ[19] देखते रहो

होती चली है आइना तक़दीरे-कायनात
रंगे-हयात शोल बजाँ देखते रहो
कल हर शजर हजर पै सलामत रयाज़े-इश्क़[20]
गुज़रेगा आदमी का गुमाँ देखते रहो

हो जाएँगे अक़ायदे-पारीना कलअदम[21]
कुश्ता चराग़[22] का ये धुआँ देखते रहो
दुनिया को हम करेंगे हसीं से हसीनतर
तुम जलवाहाय लालारुख़ाँ[23] देखते रहो

हम गरमिए-अमल से बदल देंगे कायनात[24]
तुम सोज़-ओ-साज़े-कल्बे-तपाँ[25] देखते रहो
है सोज़िशे-हयात[26] हमारे कलाम में
तासीरे-कीमियाए-निहाँ[27] देखते रहो

ग़म के पहाड़ काटे जो कटते नहीं 'फ़िराक़'
उड़ जाएँगे वो बनके धुआँ देखते रहो

सन्दर्भ

1. मयख़ाना 2. नाचते हुए 3. अत्यधिक शोर 4. बादशाहों की शान और सिंहासन 5. जिन्हें साम्राज्य के चिरस्थायी रहने का विश्वास है 6. भ्रममात्र 7. शरण 8. अपनी मौत पर रोनेवाले 9. आकाश 10. ज़ालिम अन्यायी हाकिमों के मरने की जगह 11. आहों और फ़रियादों का ज़ोर 12. नमाज़ के वक्त की पुकार अज़ान 13. धर पकड़ 14. झंडा 15. खाक़ नशीनाँ = ख़ाक में रहनेवाले अर्थात् ग़रीब जनता की भयभीत निगाहें बदल चली हैं 16. धनवान 17. भविष्य के गर्भ में क्रान्ति का सूर्य बेचैन है 18. सूर्य चन्द्र 19. लगाम 20. पेड़ पत्थर पर भी प्रेम की तपस्या के कारण आदमी होने का गुमान होगा 21. ख़तम हो जाएँगे, मिट जाएँगे 22. बुझे हुए दीप 23. सुन्दरियों 24. सृष्टि 25. दिल का सोज़ 26. जीवन की गर्मी 27. गुप्त कीमिया (रसायन) का गुण, प्रभाव।

जागते रहो

है रात पुर ज़-ख़ौफ़-ओ-ख़तर[1] जागते रहो
झपके न एक पल भी नज़र जागते रहो
सहरा-ए-बेअमाँ[2] में हुई कारवाँ को शाम
लुटने का डर है अहले-सफ़र जागते रहो

डस ले कहीं न दौरे-कोहन की अँधेरी रात
होने को है तलू-ए-सहर[3] जागते रहो
चूके जो चाल उनके निशाँ तक नहीं मिले
खुद राहज़न[4] है राहगुज़र[5] जागते रहो

उन वादियों से अब है गुज़रना तुम्हें जहाँ
जिबरील[6] के भी जलते हैं पर जागते रहो
ऐसे में मन की जोत जगा लो मुसाफ़िरो
जिससे ख़जिल हो नूरे-सहर[7] जागते रहो

बीते जुगों में गुज़रे हैं पैग़म्बराने-दीं[8]
इन मंज़िलों से ख़ाक बसर[9] जागते रहो
इन मंज़िलों में ख़िज़्र[10] भी पाते नहीं हैं बार
दोनों ही गुम हैं दश्त कि दर जागते रहो

यारो फ़रेबे-मज़हब-ओ-माज़ी से होशियार
दोनों हैं एक शोबदा-गर[11], जागते रहो
माना बहुत मुहीब[12] है तारों भरी ये रात
ये भी है एक रक़्से-शरर[13] जागते रहो

तक़दीरे-कायनात[14] तुम्हारी निगाह है
सो जाएँ गो क़ज़ा-ओ-क़दर[15] जागते रहो

जो आ रहा है हिन्द में उस इन्क़लाब की
कब है मशीयतों को ख़बर, जागते रहो

भारी है रात आज ज़माने पै साथियो
हाले-जहाँ है नौए-दिगर[16] जागते रहो
होने न पाए उम्मते-डालर से होशियार
जंगे-बशर ख़िलाफ़े-बशर जागते रहो

इन दुश्मनाने-अम्ने-जहाँ के ज़मीर में[17]
हैं कुनमुनाते फ़ितन-ओ-शर[18] जागते रहो
अक़वामे-एशिया[19] हों कि योरप के आदमी
इनके लिए हैं लुक़्म-ए-तर जागते रहो

हर बात इनकी मौत की तरग़ीब[20] होशियार
हर साँस इनकी तेग़-ओ-तबर जागते रहो
कितना है शोख़ ताबिशे-डालर का ज़हख़न्द[21]
क़ातिल है ये तबस्सुमे-ज़र[22] जागते रहो

नीयत बख़ैर,[23] यूँ जो लचकती है बार बार
फाँसी है वो कमन्दे-नज़र[24] जागते रहो
सहरा-ए-ज़ीस्त में है अँधेरा तो ग़म नहीं
चमका के अपना दर्दे-ज़िगर जागते रहो

इस मरतबा तबाहिए-दुनिया के बाब में
रखेंगे ये न कोर कसर जागते रहो
किस रंग से वो फूँक रहे हैं फ़ूसूने ख़्वाब
तुम भी इधर बरंगे-दिगर जागते रहो

अग़ियार[25] कर रहे हैं मफ़ादे-वतन[26] की बात
हो जान का न इसमें ज़रर[27] जागते रहो
उनकी निगाहे-लुत्फ़ जहाने-ख़राब पर
ख़िरमन पै जैसे बर्क़-ओ-शरर[28] जागते रहो

जिस ज़िन्दगी की हमको ये देते हैं लोरियाँ
वो ज़िन्दगी है मर्ग-असर[29] जागते रहो
जिस नज़्मे-ज़िन्दगी की ये तारीक रात है
वो नज़्म अब है ज़ेर-ओ-ज़बर जागते रहो

लेती चली है जायज़-ए-शामे[30] ज़िन्दगी
पेकिंग-ओ-मास्को की सहर जागते रहो
देखो कि वीतनाम मलाया व कोरिया
हैं उनके आगे सीना सिपर जागते रहो

देखो कि आज मशरिक़े-वस्ता[31] के जाँनिसार
उट्ठे बअज़्मे-फ़तह-ओ-जफ़र जागते रहो
ट्युनीसिया हो दक्खिनी अफ़रीक़ा हो कि शाम
उठ बैठे सरसे जोड़ के सर जागते रहो

चीन-ओ-खुतन हो, दश्त-ओ-जबल हो कि बह्र-ओ-बर
मिलने न पाए इनको मफ़र[32] जागते रहो
हैं दम बखुद सियासते-डालर से आज सब
वहश-ओ-तयूर-ओ-जिन्न-ओ-बशर[33] जागते रहो

इस अह्द में है लरज़ा-बर-अन्दाम कायनात
तारे बदल रहे हैं डगर जागते रहो
दुश्मन है अपनी घात में दिन रात होशियार
रन बोलता है आठ पहर जागते रहो

आकाश भी पसीने में भीगा हुआ सा है
है चाँद की जबीन भी तर जागते रहो
सय्याद बढ़ रहे हैं सुए सहने-गुलसताँ
सब फूँक देंगे बर्ग-ओ-समर[34] जागते रहो

शब ज़िन्दादार तुम हो गदायाने-मैकदा[35]
है झोलियों में जिनकी सहर जागते रहो
जुम्बिशसी है उफ़क़[36] में धुँधलके हैं मुनतज़िर[37]
बर मनसबे-नक़ीबे-सहर[38] जागते रहो

सदियों के ख़्वाब टूटते जाते हैं अब 'फ़िराक़'
कहता है खुद ये दौरे-क़मर[39]—जागते रहो

सन्दर्भ

1. ख़ौफ़ ख़तरों से भरी 2. ऐसा मैदान जहाँ कोई पेड़ पौधे न हों, जहाँ शरण लेने का स्थान न हो 3. प्रभात का उदय 4,5. स्वयं मार्ग ही लुटेरा बन गया है 6. एक फ़रिश्ते का नाम

7. जिससे प्रभात का प्रकाश भी लज्जित हो 8. धर्म फैलानेवाले अवतार 9. ख़ाक, मिट्टी में रहनेवाले, ग़रीबी में जीवन बितानेवाले 10. पथप्रदर्शक 11. धोखेबाज़, जादू से अनहोनी बातें दिखानेवाले 12. भयानक 13. चिनगारी का नाच 14. सृष्टि का भाग्य 15. ईश्वर की वह आज्ञाएँ जो उसने संसार की सृष्टि के सम्बन्ध में दीं 16. दूसरी तरह का 17. आत्मा 18. शरारतें, बुराइयाँ 19. एशिया की जातियाँ 20. मरने की राह पर ले जानेवाली 21. डालर की चमक की ज़हरीली हँसी 22. सोने, धन की मुस्कान 23. नियत बुरी न हो 24. निगाह की कमन्द, डोर, रस्सी 25 ग़ैर लोग, अमरीका और उसके साथी देश 26. देशहित की बात 27. हानि 28. बिजली और चिनगारी 29. मौत की तासीर रखनेवाली 30. जीवन के अन्तिम भाग का निरीक्षण 31. मध्यपूर्व 32. भागने का अवसर 33. पशुपक्षी, जिन्न और मनुष्य 34. पत्ते और फल 35. तुम रातों को जागनेवाले मैख़ाने के फ़क़ीर हो 36. क्षितिज 37. प्रतीक्षा में 38. प्रभात के आगमन की सूचना देनेवाले, घोषणा करनेवाले 39. चाँद का चक्र।

माज़ी-परस्त

(अतीत-पूजा)

जब किसी समाज के जीवन में क्रान्ति होनेवाली होती है तो पुरानी परम्परा के अन्धे पुजारी दाँत पीस-पीसकर रह जाते हैं और कुल अनुचित उपायों से, अनेक दुराग्रहों से जातीयता के नाम पर, देशप्रेम के नाम पर, पुरानी संस्कृति के नाम पर दुराग्रह करते हैं। यह बात अच्छी तरह समझ लेना चाहिए कि प्राचीन भारतीय सभ्यता और प्रथा अगर आज ज़बरदस्ती स्थापित भी कर दी जाए तो धर्म कर्म समेत हमारा जीवन नरक बन जाएगा। रामराज्य या अशोक और हर्ष के शासन के अनुसार आज अगर भारतीय शासन चलाया जाए तो कल्याण के बदले हमारी हानि होगी। अतीत की अंधी पूजा करके यह तो असम्भव है कि हम अतीत को वर्तमान बना सकें। हाँ, अपनी उन्नति और जातीय जीवन के विकास की राह में रोड़े ज़रूर अटकाएँगे और ठोकरें खाएँगे।

सतयुग की बात छानने बैठे हैं
ढीले तारों को तानने बैठे हैं
ज़र-बल और हाथ-बल से होकर महरूम
पुरखों के गुन बखानने बैठे हैं

बेदारिए-सुब्ह की हवाएँ भी चलीं
तहज़ीबे-कोहन की लम्बी रातें भी ढलीं
माज़ी न बिका रात गई बात गई
सदियों की ज़िन्दगी की क़दरें[1] बदलीं

दुनिया में अब इस मरज़ के बीमार नहीं
इस दौर में सतयुग के परस्तार[2] नहीं
इस रद्दी माल की निकासी है मुहाल[3]
बाज़ार में माज़ी के ख़रीदार नहीं

अन्धी नगरी है और चौपट राजा
लो दोनों टके सेर हैं भाजी-खाजा
माज़ी की अलाप जेह्ल का साज़े-तरब[4]
बेवक़्त की रागनी है–बेसुर बाजा

जहराब[5] फ़ज़ाओं में ये फैलाती है
इक लाश जो सदियों से सड़े जाती है
भगवान यह कब कटेगा माज़ी का कोढ़
उफ़ अब तो ख़याल ही से क़ै आती है

ठोकर खाकर यह उस पै गिरते ए काश
कफ़नाई[6] हुई रखी है माज़ी की लाश
गुल करके चराग़े-हाल-ओ-मुस्तक़बिल[7] को
करते हैं अँधेरे में जो माज़ी को तलाश

काँधों पै धरे बीते जुगों का ताबूत[8]
किस ओर को जा रहे हैं भारत के सपूत
कब ऐसे में सूझते हैं मुस्तक़बिल-ओ-हाल
जब सर पै नाचता है माज़ी का भूत

माज़ी के पुजारी उसे इतना न बढ़ा
मालूम है सब, सबक़ यह औरों को पढ़ा
क्या कम थे साम्राज-ओ-दौलत के जुनूँ
सर पर जो तेरे जुनूने-माज़ी[9] भी चढ़ा

क्या कहिए ऐसे सरफिरों के दिल को
जो छूट गई रोते हैं उसी मंज़िल को
माज़ी लेते हैं मोल, क्या सौदा है
यह बेच के हाल और मुस्तक़बिल को

मुस्तक़बिल-ओ-हाल का तो सौदा न चुका
यह ऊँचा माल तो पटाए न पटा
माज़ी को बुलाओ यारो माज़ी को बुलाओ
पीछे भागो, बहाओ उल्टी गंगा

पंडितजी, शेख़जी, महाजन, क़ाज़ी
अब लड़ भिड़कर हुए हैं इस पर राज़ी
जनता को लगी है अब नई दुनिया की
मिलकर नारा लगाओ माज़ी माज़ी

रगड़े पर चर्ख़[10] दे रहा है रगड़ा
लेकिन ले मोल कौन इनसे झगड़ा
मुस्तक़बिल-ओ-हाल से जो फेरे हुए मुँह
माज़ी से माँगते हैं रोटी-कपड़ा

काँटे के दहाने[11] से दहाना फाड़ो
तुम गाज़ी मर्द हो तो चाबुक आड़ो
तुम थान के टर्रे हो जनाबे-माज़ी
है हाल सवार तुम पै पुश्तक झाड़ो[12]

हर बात पै बेचारे बिगड़ जाते हैं
हर बहस में बेचारे उखड़ जाते हैं
मुस्तक़बिल-ओ-हाल के तक़ाजे सुनकर
यह हज़रते-माज़ी हैं अकड़ जाते हैं

कितने खुश आए कितने राज़ी आए
बाशौकत-ओ-शान[13]-शेख़-ओ-क़ाज़ी आए
कलचर पै धुआँधार करेंगे तक़रीर
जैकार करो हज़रते-माज़ी आए

कल्चर की जब अहमियत[14] को समझाते हैं
क्या फूल हिमाक़त के वो बरसाते हैं
दर्शन हुए जाते हैं अभी भक्तों को
सोटा लिए वो राजरिशी आते हैं

झटकाते हैं काँधे—अड़बड़ा जाते हैं
ऐसे मोक़े पै हड़बड़ा जाते हैं
सुलझाने को कहिए कोई उलझी हुई बात
तो राजरिशी जी गड़बड़ा जाते हैं

कितने बेलाग और कितने अक्खड़
ये रूस के नाम ही से जाते हैं अकड़
खा जाते हैं अमरीका की ये धौंस पै धौंस
यह हज़रते माज़ी भी हैं कितने घामड़

वल्लाह निकालते हैं यूँ दिल की भड़ास
सब राजरिशी से बाँधे बैठे थे आस
भूखों-प्यासों को आज वक़्ते-तक़रीर
वह डाँट पिलाई न रही भूख न प्यास

कुछ बेहतर हिन्द की तबीयत न हुई
पैदा कोई उम्मीद की सूरत न हुई
कल्चर की भी सूइयाँ लगीं बरसों तक
बीमार हयात रू-बसेहत[15] न हुई

सुनते हो ! साज़े सरमदी[16] कोई नहीं
बदले न जो ऐसी ज़िन्दगी कोई नहीं
अक़दारे-दायमी[17] पै मिटनेवालो
दुनिया में क़द्रे-दायमी[18] कोई नहीं

कुछ लोग मिटे हुए हैं माज़ी के लिए
है हिन्द का हाल[19] बिक्री के लिए
मुस्तक़बिल को भी कर रहे हैं यह रेह्न
अमरीका के हाथ रूखी-सूखी के लिए

यह नुत्क़ के नूरबाफ़[20] माने जाने
नेता भी हैं रुपए में सत्रह आने
भारत का कफ़न सीते हैं फिर करके दुरुस्त
माज़ी के यह टूटे हुए ताने बाने

ऊँचा सौदा पटा रहे हैं बौने
पगला रखा है माज़ियों के रौ ने
घाते में दे दिया है मुस्तक़बिल को
और हाल को बेचते हैं औने-पौने

दामन माज़ी से इनका अटका सौ बार
खाया हठधर्मियों का झटका सौ बार
माज़ी के दोश पर गए थे चढ़ने
माज़ी ने उठा-उठा के पटका सौ बार

सन्दर्भ

1. मूल्य 2. पुजारी 3. असम्भव 4. मूर्खता की खुशी का बाजा 5. ज़ह 6. कफ़न में लिपटी 7. वर्तमान और भविष्य इन रुबाइयों में हाल शब्द वर्तमान के अर्थ में अनेक जगह आएगा 8. शव को गाड़ने के लिए जिस बक्स में रखते हैं 9. अतीत की अन्धपूजा का पागलपन 10. आकाश 11. मुँह, नोक 12. पिछाड़ी 13. शान शौकत के साथ 14. महत्त्व 15. रोगी जीवन का स्वास्थ्य न सुधरा 16. स्वर्गीय संगीत 17. सदा बने रहनेवाले मूल्य, मान 18. हमेशा के लिए बना रहनेवाला मूल्य, मान 19. वर्तमान 20. बात के बुनकर।

चटकती कलियाँ

(रुबाइयाँ)

रुबाइयों की चर्चा अब हिन्दी में बहुत फैल चुकी है। हर रुबाई चार पंक्तियों की होती है। लेकिन रुबाई के लिए कुछ विशेष छन्द नियत कर दिए गए हैं। इन छन्दों में अल्हड़ चाल की गति होती है जो हमारे छन्द और पिंगल के लिए एक नई चीज़ है। रुबाई में छन्द के नए झटके या खटके और नई गतियाँ मिलती हैं। चार पंक्ति की रुबाइयों में एक पूरी बात या विचार वर्णन, दृश्य या सिद्धान्त व्यक्त किया जाता है। रुबाई की चार पंक्तियों में प्रायः तीसरी पंक्ति अतुकान्त होती है। पहली, दूसरी और चौथी पंक्तियाँ तुकान्त होती हैं। कभी-कभी चारों पंक्तियाँ तुकान्त होती हैं। गम्भीर और संक्षिप्त विचारों के लिए रुबाई का माध्यम बहुत उपयुक्त होता है। रुबाई के संगीत और उसकी लय और विचार या भाव की तान चौथी पंक्ति पर टूटती है। रुबाई में सफल होने के लिए कई बरस की मश्क़ या अभ्यास ज़रूरी है। 40 बरस से कम उम्र का शायर रुबाइयों में सफलता प्राप्त नहीं कर पाया है।

(1)

ऐ मानिए कायनात[1] मुझमें आ जा
ऐ राज़े-सफ़ाते-ओ-ज़ात[2] मुझमें आ जा
सोता संसार झिलमिलाते तारे
अब भीग चली है रात मुझमें आ जा

(2)

दिन रात शजर[3] हजर की नब्ज़ें हैं तपाँ[4]
हर साँस ज़मीन की है सोज़ाँ सोज़ाँ[5]
मदफ़ून[6] वहाँ कौन सी चिनगारी है
अब तक उठता है बत्ने गेती[7] से धुआँ

(3)

हर ऐब से माना कि जुदा हो जाए
क्या है अगर इन्सान ख़ुदा हो जाए
शायर का तो बस काम ये है हर दिल में
कुछ दर्दे-हयात और सिवा हो जाए

(4)

कुछ नज़रिए हैं हर एक तमद्दुन की बिना
तारीख़ तसादुम उन्हीं आदर्शों[8] का
तहज़ीबों को है अपने से ख़तरा यानी
है नक़्शे-फ़िक्रियात पैग़ामे-क़ज़ा[9]

(5)

तारीकी का रहे ज़माना में न दाग़
उस नूरे-हयात का लगाते हैं सुराग़
मौज़े-नफ़से-सर्द[10] दिए जाती है लौ
धारे पै फ़ना के हम जलाते हैं चराग़

(6)

कल लन्दन-ओ-न्यूयार्क में गूँजी ये सदा
मालूम भी है रोज़े-हिसाब आ पहुँचा
कब तक यह मलूकियत के ख़्वाबे-नोशीं[11]
भागो-भागो कि एशिया जाग उठा

(7)

लहराया पसे-उफ़क़ निशाने फ़र्दा[12]
तारीख़ ने छेड़ी दास्ताने फ़र्दा
छिपता जाता है कारवाने इमरोज़[13]
बढ़ता आता है कारवाने फ़र्दा

(8)

दिन डूब गया तो बात कुछ और भी है
आँख ओझल वारदात कुछ और भी है
ख़ामोशी व तीरगी व खुनकी के सिवा
ऐ अन्जुम-ओ-माह[14] रात कुछ और भी है

(9)

हर जिस्म को हम करते रहे जाननुमा
फ़ितरत[15] को बनाते गए इन्सानानुमा
ग़द्दार अनासिर को किया हमने मुतीअ[16]
होता गया क़ह्हमान[17] रहमाननुमा[18]

(10)

कह दो बामे-फ़लक[19] से हो और बलन्द
सय्यारों[20] की रफ़्तार भी हो जाए दोचन्द
बेलाग मह-ओ-मेह्र खिंचे आते हैं
पड़ती है जहाँ निगाहे-शायर की कमन्द

(11)

इन्सान का महज खाते पीते गुज़रे
इस मंज़िल से वो पाँव आगे न धरे
वहशी के अमल की इन्तहा सैद-ओ-शिकार
गर इश्क़ न हो अमल तरक़्क़ी न करे

(12)

विजदानेजमाल[21] एक जौहर है लतीफ़[22]
बे इरादे नेकियाँ भी रहती हैं कसीफ़[23]
बेफ़ायदा शायरी की ज़हमत न करें
हर एक के बस का नहीं यह फ़न्ने-शरीफ़[24]

(13)

वह फूट मज़ाहिबे-जहाँ ने डाली
अख़लाक़[25] में भी पड़ गई नफ़्सी नफ़्सी[26]
अख़लाक़ हयाते-इजतमाई[27] की है देन
माहौल की मीरास[28] नहीं बट सकती

(14)

इस नज़्म[29] के बचने का नहीं कोई उपाय
बैठे हैं मगर चारागर इक आस लगाए
जैसे मरते मरीज़ के सम्बन्धी
सोचें कि अजब क्या ये कहीं बच ही जाए

(15)

इक हल्क़ए-नूर था अबद का मन्ज़र[30]
आवेज़ाँ[31] बेशुमार ख़ुरशीद-ओ-क़मर
ताहद्दे-नज़र सिलसिलए-मौजूदात[32]
हर शै से उभर रही थी तारीख़े-बशर[33]

(16)

तू बज़्मे-सुख़न[34] में नग़्माख़्वाँ होता है
मुतरिब मुझे कुछ और गुमाँ होता है
नग़माते-खुश-आहंग[35] के हर पर्दे में
इक साज़े-सकूते-बेकराँ होता है[36]

(17)

शायर के तसव्वुरात हैं कितने हसीं
इक आलमे-रंग-ओ-नूर रक़्साँ है कहीं[37]
जैसे दमे-सुब्ह लहलहाती किरनें
जब चूम रही हों वो हिमालय की जबीं

(18)

हंगामए-रोज़गार[38] दम लेते हैं
संसार का हम भेद भरम लेते हैं
ये लमहे वो हैं जब दिले-शायर में 'फ़िराक़'
कुछ रम्ज़-ओ-कनायात[39] जनम लेते हैं

(19)

खोई हुई हस्ती का बहम हो जाना
आज़ादे-फ़रेबे-कैफ़-ओ-कम[40] हो जाना
तू राज़े-हयात पूछता है मुझसे
वह राज़ है शाइस्तए-ग़म हो जाना[41]

(20)

यह तेरी खुशी भी है फ़क़त खुश-फ़हमी[42]
क्यों चाश्निए-ग़म की हो हस्ती में कमी
संसार में जिस चीज़ को छू देता हूँ
मिल जाती है 'फ़िराक़' अश्कों की नमी

(21)

हर साज़ से होती नहीं ये धुन पैदा
होता है क़िस्मतों से ये गुन पैदा
गहवारए-तहज़ीब में सदियों पलकर
होता है हयात में तवाज़ुन[43] पैदा

(22)

सहरा में ज़माँ-मकाँ[44] के खो जाती हैं
सदियों बेदार रह के सो जाती हैं
अक्सर सोचा किया हूँ ख़ल्वत[45] में 'फ़िराक़'
तहज़ीबें क्यों गुरूब[46] हो जाती हैं

(23)

खुलता नहीं यह भेद है क्या, बात है क्या
इलहाम कहें इसको कि समझें इल्क़ा[47]
तख़लीक़े-सुख़न[48] के वक़्त कानों में 'फ़िराक़'
अक्सर परे-जिब्रीलकी आई है सदा[49]

(24)

एक दिन शायर हरीमे-क़ुदरत[50] में गया
सरबस्ता मशीयतों[51] को जाँचा परखा
और उनमें आख़िरी मशीयत यह थी
इन्साँ का मशीयतों पै क़ाबू पाना

(25)

क़ब्ल इसके कि हो फ़ैसलए-ख़ैर-ओ-शर[52]
जीने का सबूत दे ज़माने को बशर
बेहिस किरदारे-नेक[53] से मौत भली
नामर्द अख़लाक़ से जरायम[54] बेहतर

(26)

गो बज़्मे-सुख़न में आप लाए तशरीफ़
खुश होंगे सुनके क़ाफ़िया और रदीफ़
इसका क्या कीजिएगा ए हाकि-मेवक़्त
एहसासे-लतीफ़[55] से जो होगी तकलीफ़

(27)

अल्फ़ाज़ के पर्दों में करो इसका यक़ीं
लेती है साँस नज़्मे-शायर की ज़मीं
आहिस्ता गुनगुनाओ मेरे अशआर
डर है न मेरे ख़्वाब कुचल जाएँ कहीं

(28)

औरत रूह-ओ-रवाने-तहज़ीबे-बशर[56]
है परतवे रुख़ जलवादहे क़ल्ब-ओ-जिगर[57]
औरत की वह ज़ात है अज़लसे जो 'फ़िराक़'
हस्ती को लिए जाती है आगे ऊपर

(29)

इक राज़ से कर रहा हूँ तुझको आगाह
ममनूओ-हराम[58] कुछ नहीं है वल्लाह
जिस काम में महवीयते-कामिल[59] न रहे
ए दोस्त समझ ले कि है वह काम गुनाह

(30)

पाते जाना है और न खोते जाना
हँसते जाना है और न रोते जाना
अव्वल और आख़िरी पयामे-तहज़ीब
इन्सान को इन्सान है होते जाना

(31)

वायज़[60] तेरी जन्नत है फ़क़त वह्म-ओ-गुमाँ
है रूकशे-फ़िरदौसे-बरीं-बाग़े-जहाँ[61]
तू इसको फ़रेब-रंग-ओ-बू कहता है
तिनका भी है इस बाग़ का रश्के-रगे-जाँ[62]

(32)

ए शेख़ मआले-जोहद ओ तक़बा मालूम[63]
दुनिया ही न हाथ आई तो उक़्बा[64] मालूम
इन्कार है मासवाए अल्लाह तुझे[65]
ख़ामोश कि मासवाए दुनिया मालूम

(33)

इन नज़्मों में तासीरे-शफ़ा है जो बहम
राज़ उसका तुम्हें आज बताते हैं हम
दिल के सोज़े-निहाँ में होकर तहलील[66]
कछ नश्तरे-तेज़ बन गए हैं मरहम

(34)

शाख़ों पै कँवल गुल के जला देती हैं
सोए हुए फ़ितनों को जगा देती हैं
यह आलमे-सोज़-ओ-साज़े गुलज़ारे-जहाँ[67]
शबनम की लवें आग लगा देती हैं

(35)

बोला शोला चमन का बेबाक हैं हम
और ख़ंजरे-रंग-ओ-बू कि सफ़्फ़ाक[68] हैं हम
शबनम में धुले हुए शगुफ़ों[69] ने कहा
हम दीदए-गुलज़ार हैं, नमनाक हैं हम

(36)

दुनिया है फ़साना बहदीसे-दिगराँ[70]
कहते जिसे आ रहे हैं उनवाँ उनवाँ[71]
दुनिया किसकी ग़लतबयानी है 'फ़िराक़'
हर झूठ में जिसके सद हक़ायक़ पिनहाँ[72]

(37)

कुछ रिन्दों को सुनगुन सी मिली है साक़ी
नौयुग के जनम की ये घड़ी है साक़ी
तख़लीक़[73] के लमहे थरथराए सरे-जाम
यह शाम इक गोद भर रही है साक़ी

(38)

है क्या नए इन्साँ के जनम के आहंग[74]
यज़दाँ भी दमबख़ुद[75] फ़रिश्ते भी दंग
माँ बनने का सकून कर्बे-तख़लीक़[76]
रूए-गेती[77] के ये बदलते हुए रंग

(39)

पीछे बीते जुगों के उड़ते हैं गुबार
आगे मुस्तक़बिलों के दश्ते-पुरख़ार[78]
ऐ क़ाफ़िलए-हयात बचते रहना
सहरा है ज़माँ मकाँ[79] का दुश्वार गुज़ार

(40)

यह क़ौले 'फ़िराक़' सुनके तू हैराँ है
राज़-उल-राज़ इसमें ज़ीस्त का पिनहाँ है[80]
हावी है मशीयते-इलाही[81] सब पर
उस पर हावी मशीयते इन्साँ है[82]

(41)

इन्सान खुद अपनी मंजिल अपना रहबर
कौन इससे कहे राहे-सफ़र खोटी कर
तारीख़ों के दौर उड़ गए मिस्ले-गुबार
जारी है कारवाने-इन्साँ का सफ़र

(42)

सब लोग करेंगे नज़्र तुझको क्या क्या
दुनिया में है इक उम्र का लेना देना
औरों से मिल रहेंगे ग़म और नशात
संजीदगिए-शऊर[83] मुझसे ले जा

(43)

कल रात परी थी एक रक़्साँ सरे-जाम[84]
उड़ते हुए कह गई यह राज़े-अय्याम
हर सुब्ह तबस्सुमे-लबे-लाली है[85]
हर शाम उस आहुए खुतन[86] का है पयाम

(44)

जुलमत की तहमें मौज आबे-ज़रकी
आकाश पर इक झलक सी रूए-तरकी
आँखें मलती उठी वह दोशीज़ए-सुब्ह[87]
तारों भरी रात की वो चादर सरकी

(45)

पलकें-सी फ़ज़ाए-ए-शाम ने झपकाईं
हर सिम्त धुवाँ-धुवाँ घटाएँ छाईं
उस गेसुए-अम्बरीं[88] की गिरहें जो खुलीं
ख़ुशबू से लदी हुई हवाएँ आईं

(46)

वह हुस्ने-ख़राम है कि कौसर[89] प्यासे
छिड़ जाते हैं राग जुम्बिशे-आज़ासे[90]
चिड़ियों के परों में जैसे लिपटे हुए गीत
यूँ नग़्मे फूटते हैं दस्त-ओ-पासे[91]

(47)

रंगीन नज़ारों का तमाशा कर ले
दामाने-निगाह इन गुलों से भर ले
ऐ दिल यह सैरे-सरसरी मौत सही
मरने ही पर आया है तो अच्छा मर ले

(48)

गोया जन्नत का जाम छलकाया है
जिस गुल की नज़र पड़ी वो शरमाया है
किसके लिए पिछली रात रोए हो 'फ़िराक़'
चेहरा जो दमे-सुब्ह निखर आया है

(49)

लफ़्ज़ों की दुकाँ को अब बढ़ाना होगा
कुछ करके मुअल्लिम[92] को दिखाना होगा
तालीम को ख़ल्लाक़े-अमल[93] होना है
पंजों में दिमाग़ अब बसाना होगा

(50)

कहते हैं 'जिगर' हुस्न है मौज़ूए-सुख़न[94]
लेकिन खुद हुस्न क्या है ए मुशफ़िक़े-मन[95]
जुज़वे-पैग़म्बरी सुख़न को जो करे[96]
वह हुस्ने-अमल है कि है रअनाइए-तन[97]

(51)

किन किन धोकों में मुब्तला है इन्साँ
क्या ऐश-ओ-नशात कैसे रंज-ओ-हिरमाँ[98]
हस्ती में कहीं से देख ख़ामी[99] न रहे
बस राज़े-हयात पुख़्तगी[100] है नादाँ

(52)

पल मारते इस जहाँ का नक़्शा बदला
अपने को भी पहचानना दुश्वार हुआ
दुनिया फिर एक बार पलटा लेगी
ए दीदए-हैराँ अभी देखा ही क्या

(53)

बज़्मे-पैग़म्बराने-आलम[101] में कभी
पहुँचा तो अम्बिया सफ़ आरा थे सभी
पूछा है मुन्किरों[102] में मुमकिन एख़लाक़
सब दाढ़ी खुजाने लगे अपनी-अपनी

सन्दर्भ

1. सृष्टि का अर्थ 2. तत्त्व और गुण के भेद या निर्गुण सगुण के भेद 3. शजर = पेड़, हजर = पत्थर 4. नब्ज़ें हैं तपाँ = नाड़ी जल रही है 5. जली जली सी 6. गड़ी हुई, दफ़न 7. धरती के गर्भ 8. प्रत्येक संस्कृति के कुछ सिद्धान्त हैं, इतिहास उन्हीं आदर्शों के टकराव का नाम है, आज सभ्यताओं को अपने ही से ख़तरा है क्योंकि आज के विचारों का विषय मृत्यु का सन्देश है, अर्थात् आज रचनात्मक कार्यों से अधिक विध्वंसकारी शस्त्रों के आविष्कारों के विषय में सोचा जा रहा है जो संसार के लिए मृत्यु के सन्देश के समान है 9. मृत्यु-सन्देश 10. ठंडी साँस की लहर 11. यह साम्राज्य की नींद, नशा 12. कल (भविष्य) का निशान 13. आज (वर्तमान) 14. तारे और चाँद 15. प्रकृति 16. अपने बस में 17. विनाश का देवता 18. दयालु 19. आकाश की छत 20. नक्षत्रों 21. रूप की मस्ती 22. पवित्र, निर्मल 23. मैली 24. ऊँची कला 25. शिष्टाचार 26. त्राहि त्राहि 27. सामूहिक जीवन 28. विरासत 29. पूँजीवादी 30. दृश्य 31. असंख्य सूर्य चाँद लटके हैं 32. जहाँ तक दृष्टि जाती है वहाँ तक सृष्टि की शृंखला 33. मानव इतिहास 34. कवि-सम्मेलन में कविता पाठ 35. सुन्दर राग 36. अनन्त मौन का साज़ 37. रंगों और प्रकाश की दुनिया नृत्य कर रही है 38. जीवन की हलचल, समय की हलचल 39. संकेत और इशारे 40. थोड़े बहुत, कैसे और कितने की चिन्ता 41. दुख सहने

के योग्य 42. किसी के प्रति अच्छे विचारों को खुशफ़हमी कहते हैं 43. सन्तुलन 44. देशकाल के वन में 45. एकान्त 46. अस्त 47. ईश्वरीय ज्ञान या दैवी संकेत मुहम्मद साहब के पास ईश्वरीय सन्देश लानेवाले फ़रिश्ते का नाम जिबरील था 48. कविता की रचना के समय 49. आवाज़ 50. विधाता के दरबार 51. छिपी हुई ईश्वरेच्छाओं 52. भलाई, बुराई, नेकी बदी 53. चेतनाहीन, अनुभूतिहीन अच्छे चरित्र 54. अपराधों 55.नर्म नाजुक, पवित्र भावना 56. मानव सभ्यता की जान 57. चेहरे की किरन और दिल व जिगर का दर्शन करानेवाली 58. निषिद्ध 59. पूरी लगन, तल्लीनता 60. उपदेशक, मुल्ला 61. दुनिया स्वर्ग के बराबर है 62. जिस पर प्राणीमात्र की नाड़ी को ईर्ष्या हो 63. पूजापाठ और त्याग का परिणाम 64. परलोक 65. ईश्वर के सिवा 66. दिल की जलन में घुलकर 67. संसार वाटिका की गर्मी नर्मी 68. रंग और सुगन्ध की तेज़ तलवार जैसी लहर 69. कलियों 70. दूसरों के मुँह से कही गई कहानी 71. अनेक शीर्षक देकर 72. सौ सत्य छिपे हुए 73. मदिरा के भरे प्याले के ऊपर सृष्टिकरण के क्षण थरथराए 74. आवाज़, राग 75. दमसाधे 76. प्रसव पीड़ा 77. धरती के चेहरे 78. काँटों से भरा जंगल 79. देश काल का वीरान बन बड़ा दुर्गम है 80. जीवन का रहस्य छिपा है 81. ईश्वरेच्छा 82. मानव इच्छा 83. चेतना का गाम्भीर्य 84. शराब के भरे प्याले पर परी नाच रही थी 85. लाल होंठों की मुस्कान 86. खुतन नगर के हिरन, वहाँ के हिरन की कस्तूरी प्रसिद्ध है 87. प्रभात-कुमारी 88. काली सुगन्धित काकुलों 89. स्वर्ग की मीठे पानी की नहर 90. अंगों की गति 91. हाथ पाँव से 92. अध्यापक 93. क्रिया का निर्माता 94. उर्दू के मशहूर शायर जिगर मुरादाबादी का कथन है कि कविता का विषय सौन्दर्य से बढ़कर दूसरा नहीं है 95. मेरे मित्र 96. जो पैग़म्बरी का एक अंश कविता को बनाए 97. वह क्रिया, कार्य का सौन्दर्य है या शरीर का 98. रंज, ग़म, दुख 99. अपरिपक्वता 100. परिपक्वता 101. अवतारों, पैग़म्बरों की सभा 102. नास्तिकों में शिष्टता सम्भव है।

नई चेतना

(रुबाइयाँ)

इन रुबाइयों में हमारे वर्तमान सामाजिक जीवन के कई पहलुओं पर प्रकाश डाला गया है। देश की आत्मा बहुत तेज़ी से बदल रही है। इन रुबाइयों में जिस नई भारतीय चेतना की अनेक झलकियाँ दिखाई गई हैं वह भारत के इतिहास और भारतीय जीवन की आत्मकथा के एक बिलकुल नए मोड़ की ओर संकेत कर रही है। यह परिवर्तन या क्रान्ति न गांधीवाद की देन है न गांधीयुग की। भारत में अब गांधी-युग के बाद का युग उदय हो चुका है।

इक हलक़ए-ज़ंजीर[1] तो ज़ंजीर नहीं
इक नुक्तए-तस्वीर[2] तो तस्वीर नहीं
तक़दीर तो क़ौमों की हुआ करती है
इक फ़र्द[3] की क़िस्मत कोई तक़दीर नहीं

यह नालए-गर्म ये उभरते हुए दाग़
अंगारों की बरखा में यह खिलते हुए बाग़
यह नार-ए-इन्क़लाब, यह शोल-ए-तेज़
तूफ़ान के सीने में जलाते हैं चराग़

आपस में नए क़ौल-ओ-क़सम लेते हैं
संसार को पलटा ही के दम लेते हैं
होता है जब इन्क़लाब इन्सानों में
बाहम नए सम्बन्ध जनम लेते हैं

ऐ शायरे खुशनवा है तेरी वह ज़ात
जो सोती हुई जोत जगाए दिन रात
अपनी ही लज़्ज़ते-बयाँ[4] में न हो गुम
दम भर न छुटे मन्सबे-नक़्क़ादे-हयात[5]

अल्लाह न अह्रमन[6] न देव[7] और जिन्नात
अरवाहे-ख़बीसः[8] न शयातीन की ज़ात
देवी, देवता न कोई भूत और चुड़ैल
इन्सान का इन्सान है दुश्मन हैहात[9]

एक लमहा बक़ा से भी यहाँ लम्बा है
कौनेनकी[10] ज़िन्दगी भी एक लमहा है
कल मैंने फ़िराक़ वक़्त के चेहरे को
आईनए-हुस्ने-दोस्त में देखा है

कल रात गए फ़िक्रे-सुख़न[11] के हंगाम
विजदाने-जमाल के छलकते हुए जाम
वह कश्फ़-ओ-करामात का आलम कि 'फ़िराक़'
हर पल पर पढ़ रहे थे सदअक्से दवाम[12]

साक़ी के हाथ से शगूफ़ा छूटा
सर चश्मए-आफ़ताब ख़ुम[13] से फूटा
मैख़ानए-ज़िन्दगी में दौरे-नौ के[14]
साग़र खनके ख़ुमारे-माज़ी टूटा[15]

मैख़ाना ! नमाज़े-शाम होती है शुरूअ
शीशों के सरे जाम सुजूद[16] और रुकूअ[17]
मेह्रे-आफ़ाक़ सोज़[18] होता है ग़रूब
रिन्दाने-सियाहकार होते हैं तुलूअ[19]

उलझी हुई गुत्थियों को बल देते हैं
कब वह कोई पैग़ामे-अमल देते हैं
यह फ़लसफ़ी शरहे-ज़िन्दगी[20] करते हैं
हम ज़िन्दगी यकलख़्त[21] बदल देते हैं

हाबील[22] के दाग़े-खूँ तो धो लेने दो
मीरासे-बहीमियत[23] तो खो लेने दो
फ़ौक़ुल-इन्साँ[24] की मुन्तज़र[25] है दुनिया
इन्सान को इन्सान तो हो लेने दो

ग़ैरत को सुस्त असास[26] कर देता है
एहसान भी बदहवास कर देता है
इनसान का जज़्बव-ए-तशक्कुर[27] हमदम
अक्सर मुझको उदास कर देता है

वह रह्म-ओ-करम का शाख़ासाना[28] न रहा
ख़ैरात का ख़ुल्क़[29] को बहाना न रहा
यह दौरे-मसावात[30] है पैसेवालो
अब ख़िदमत-ओ-एहसाँ का ज़माना न रहा

बेहिस हैं रंगे-हमीयत[31] इनकी उकसाओ
हथफेर दया धरम के इनको समझाओ
अय्याशिये-ख़ैरात[32] मिटा देती है
अफ़लास ज़दों[33] को दानवीरों से बचाओ

कांग्रेस-मुस्लिमलीग और जनता

कुछ लिक्खे पढ़े हो पैसेवाले हो ज़रूर
हर बात बजा तमाम दावे मन्ज़ूर
हाथों में अवाम के है तक़दीरे-अवाम
तुम कब से बन गए अमीने-जम्हूर[34]
बाँटा औरों ने कब हमारे ग़म को
गांधी जी और क़ायदे-आज़म को
हम अच्छी तरह जानते हैं यह तो बताओ
यह कौन तुम्हें सौंपनेवाले हमको
हम लोगों ने दुनिया में किए थे क्या पाप
कब तक झेलें यह दुख सहें यह सन्ताप
इस उल्फ़ते-मादरी-वो-पिदरी से पनाह
क्यों सेठजी बन गए हमारे माँ बाप
दुनिया बदली, पुराने सम्बन्ध के तौर–
बदले, यह इन्क़लाब है क़ाबिले-ग़ौर
अब रह्म तलब न कोई औरत है न मर्द
यह दौरे ज़माना है मसावात का दौर
यह लीग और कांग्रेस की माया समझो
जनता की पलट चुकी है काया, समझो
गांधी का देस हो कि जिन्ना का मुल्क
दोनों ही में इन्क़लाब आया समझो

सन्दर्भ

1. ज़ंजीर की कड़ी 2. चित्र का एक बिन्दु 3. व्यक्ति 4. अपनी ही बात के मज़े में, स्वाद में 5. जीवन का आलोचक 6. शैतान 7. राक्षस 8. बुरी आत्माएँ 9. हाय हाय 10. सृष्टि 11. काव्यरचना के समय 12. अनन्त काल के सौ प्रतिबिम्ब 13. शराब की सुराही, बड़ा बरतन 14. नवयुग 15. अतीत का खुमार 16,17. नमाज़ में खड़े होकर आधे झुकने को रुकूअ और बैठकर सिर झुकाने को सजदा करना कहते हैं, सूजूद = सजदा का बहुवचन 18. दुनिया को झुलसानेवाला सूर्य अस्त होता है 19. उदय 20. जीवन की व्याख्या 21. एकदम 22. आदम का लड़का 23. बर्बरता की विरासत 24. फ़ौक़ुलइनसाँ = Superman महान् आत्मा 25. प्रतीक्षा कर रही है—आदम पहले मनुष्य माने जाते हैं। क़ुरान में आया है कि उनके हाबील और क़ाबील नाम के दो पुत्र थे। क़ाबील ने हाबील को मार डाला था, वह पहली घटना थी जो मनुष्य ने मनुष्य की हत्या की—यहाँ उसी घटना की ओर संकेत है 26. स्वाभिमान को दुर्बल बना देता है 27. कृतज्ञता का भाव 28. झगड़ा 29. दान करके धर्म और सदाचार के प्रदर्शन का बहाना नहीं रहा 30. साम्यवादी युग 31. चेतनाहीन लोगों के स्वाभिमान को जगाओ 32. दान देने की ऐय्याशी, दान देने को भी एक फ़ैशन मानना, दान देने, दान लेने का भोग-विलास या आनन्द 33. निर्धनों 34. जनता के हितरक्षक।

ग़ज़ल

मेरी कविताओं के इस संकलन में नज़्में (प्रबन्ध काव्य) और रुबाइयाँ अधिक हैं। ग़ज़लें बहुत कम शामिल हो सकी हैं। मेरी आधी से अधिक रचनाएँ ग़ज़ल ही हैं जिन्हें किसी और संकलन में अलग से दूँगा। ग़ज़ल कहना जितना सहज है उतना ही कठिन भी है। सतही तौर पर रस्मी बातें ग़ज़ल में लिखना सहज है लेकिन दो मिसरों में या एक शेर में एक व्यापक सत्य को कलात्मक ढंग से बानी दे सकना बहुत नाजुक काम है। इस दायित्व से उऋण होना कलाकार का सौभाग्य है। ग़ज़ल के हर शेर में मज़मून या विचार नया होता है लेकिन उसका सम्बन्ध प्रेम, सौन्दर्य, मानवता, नीति या सृष्टि के कैन्द्रिक या व्यापी सत्यों से होता है। कर्कश ध्वनि, जटिल शब्दावली, मोटी भौतिकता, बाह्य बातें, ज़ोर-शोर और डपट, नीरसता, कोरी दार्शनिकता ग़ज़ल में वर्जित हैं। लोच, नर्मी, सरसता और संगीत, सूक्ष्म संकेत, करुणा रस ग़ज़ल की विशेषताएँ हैं। मेरी ये दो ग़ज़लें जो इस संकलन में शामिल हैं उस परिवर्तन की मिसालें हैं जो उर्दू ग़ज़ल में आ रहा है। नई नैतिक और सामाजिक विचारधारा, नए सिद्धान्त और जीवन के नए मान वर्तमान उर्दू ग़ज़ल में व्यक्त किए जाने लगे हैं।

थीं जाने मुहब्बत जिसकी ज़िदें उस दिल ने मचलना छोड़ दिया
जिस शमअसे रोशन थीं बज़्में उस शमअने जलना छोड़ दिया
पत्ता-पत्ता, बूटा-बूटा गुलज़ार में ख़ाक उड़ाता है
चश्मों ने उबलना छोड़ दिया फ़व्वारों ने चलना छोड़ दिया
वह सोज़-ओ-साज़े महफ़िल न रहा वह कैफ़[1] में डूबे दिल न रहे
जिस बादा[2] से रोशन थे साग़र उस बादा ने ढलना छोड़ दिया
क्या सोचते हो जीनेवाले जीते हैं कैसी मुसीबत से
क़िस्मत ने चमकना छोड़ दिया हालत ने सँभलना छोड़ दिया
ख़तरे से नहीं खाली हमदम यों ख़ूगरे-जौर-ओ-सितम[3] होना

जो बात दिलों को खलती थी उस बात ने खलना छोड़ दिया
क़ातिल भी हैं कुछ हैराँ हैराँ मक़तल[4] भी हैं कुछ वीराँ वीराँ
कुश्तों[5] का लहू पी पी के ज़मीं ने लाल उगलना छोड़ दिया
क्या कह गई अहले चमन से सबा[6] क्या फूँक दिया कानों में फ़सूँ[7]
कलियों ने चटकना छोड़ दिया अशजार[8] ने फलना छोड़ दिया
अय्यामे-मुहब्बत[9] में वो दिन काश आ जाए जब कह सकते
बातें भी अपनी जगह पर हैं वादों ने भी टलना छोड़ दिया
तक़दीरें बदली जा सकती थीं हू के[10] नारों से हमदम
मुद्दत से जनूँ की रग में लहू ने हैफ़[11] उछलना छोड़ दिया
गर्दूं[12] का आज के इन्साँ से गर्मीये-अमलका तक़ाज़ा है
अब सोज़े-नवाए-शबे-ग़म[13] से तारों ने पिघलना छोड़ दिया
जग बीती तल्ख़ हक़ीक़त है सुन लेने की लेकिन चीज़ भी है
हक़ तो वो है बातिल क़िस्सों से दिल ने भी बहलना छोड़ दिया
लाए हो 'फ़िराक़' ईमान उस पर मैं कहता हूँ उस काफ़िर ने
या बात बनाना छोड़ दिया या रंग बदलना छोड़ दिया
छिछले आँसू छिछली लाग, कच्चा पानी कच्ची आग
रख संसार से सच्ची लाग, झूठा त्याग और बैराग
रूखे सूखे रूप से भाग, इन फूलों में रस न पराग
आग भभूका गोरा मुखड़ा, जुल्फ़ें, काले-काले नाग
हुस्न है दरिया इश्क़ है शोला, पानी में लग जाए न आग
खोल रे दुनिया आँखें खोल, जाग, ओ नींद की माती जाग
कोमल मृदुल गात यूँ जैसे, सहज सुभाव प्रेम बेलाग
रूप पै यूँ लहलोट है दुनिया, जैसे गत पर नाचे नाग
जादू-जादू मदभरी आँखें, शोला-शोला मदभरे राग
दरिया-दरिया गिरियए इश्क़, सेहरा-सेहरा इश्क़ की आग
करके दिखा कुछ लेके न बैठ, जीवन के दुख का खटराग
बोलता साज़ है जिस्म किसी का, छिड़ा हुआ है प्रेम-बिहाग
वो आकाश की देवी उतरी, चन्द्र किरन पर गाती राग
कोमल पाँव पड़े हैं लेकिन, जैसे धरती जाए जाग
तान-तान पर पौ फटती है, लौ देता है प्रेम का राग
हुस्न ने जब-जब इश्क़ को छेड़ा, लाया इश्क़ हज़ारों राग
फूलें फलें संसार में प्रेमी, बना रहे दुनिया का सोहाग
उसकी निगाहों के पड़ते ही, मन की जोत गई है जाग
खेल रहे हैं प्रेम और रूप, कैसा लगाव कहाँ की लाग

आज मंना ले दुनिया होली, अपने लहू से खेल ले फाग
काली रात में पड़ी दरार, खुलते हैं दुनिया के भाग
तोसने-वक़्त[14] के असवारों के, हाथ से छूट गई है बाग
आँख के अन्धे गाँठ के पूरे, क्या कहना ऐसों के भाग
सोने को तो उम्र पड़ी है, एक दुनिया में आज है जाग
और ही धुन है अब जीवन को, कैसा रंग कहाँ का राग
दुनिया की मंज़िल बदले, मेह्र-ओ-माह्की मोड़ दे बाग
लेंगे क़दम सूरज और चाँद, जिसने साधा है बैराग
शाम के साये में दुनिया को, साज़े-जनूँ देता है राग
अँगड़ाई लेती है जवानी, या है छलकती पिघली आग
खुला निगह से दिल का हाल, ताँत बाजते बूझा राग
पूछ न क्या है वो रसकी पुतली, भीतर ठंडक बाहर आग
आते ही जल उठे चराग़, रूप है तेरा दीपक राग
लहराए आकाश में तारे, जैसे रात पड़ी हो जाग
यूँ लहराती हैं वो ज़ुल्फ़ें, जैसे गत चलता हो नाग
झिलमिल झिलमिल रूप है तेरा, जगमग जगमग तेरा सोहाग
हुस्न की सेना इश्क़ अकेला, फट न पड़े ये लश्कर भाग
हुस्न शबनमी पैराहन में, जैसे दबी-दबी सी आग
प्रेम रूपवालों में यूँ है, जैसे कोई पुराना घाग
चंचल चपल रूप यूँ जैसे, अधखिली कलियाँ अधसुने राग
हाथ न डाल मुहब्बत में, आग है, आग है, आग है, आग
डस न ले कहीं तुझे ये 'फ़िराक़' भाग बलाए-इश्क़ से भाग

सन्दर्भ

1. नशा 2. शराब 3. अत्याचार सहने का आदी होना 4. जहाँ क़त्ल हो 5. मरे जानेवालों 6. पवन 7. जादू 8. पेड़ों 9. प्रेम के दिनों 10. 'हू' का नारा लगाने का मतलब है कि 'सिवाय ईश्वर के और कोई नहीं' 11. अफ़सोस 12. आकाश 13. दुख की रात के सोज़ भरे, दर्द भरे रुदन 14. समय के अश्व पर सवारी करनेवालों, समय को वश में करनेवालों।

शीर्षक ढूँढ़नेवाले कवि से

एक बार हिन्दी के कवि अपने मित्र श्री बच्चनजी से मेरी बात हुई। मैंने कहा कि बच्चनजी ! आज की दुनिया में किसी कवि को शीर्षक या विषय की कमी नहीं होनी चाहिए। आज की दुनिया मानव इतिहास के सबसे महत्त्वपूर्ण नाटक का रंगमंच है। यथार्थ से भागकर ख़्याली दुनिया या सपने की दुनिया में जो कवि विषय या शीर्षक ढूँढ़ेगा उसे तो सम्भवतः यह समस्या पेश आ सकती है कि पुराने कवियों ने सब विषय छान डाले और दूसरे के चबाए हुए निवाले मुँह में किस तरह रखे जाएँ लेकिन जो कवि आँखें खोलकर अपने चारों तरफ़ की दुनिया को देखता है उसके लिए विषय और शीर्षक की कमी होना तो दूर रहा इतना बाहुल्य मिलेगा कि अनगिनत विषयों में से विषय पाना नहीं विषय चुनना एक समस्या बन जाएगी। इस कविता में इस ओर भी संकेत है कि मुसीबतों में फँसी हुई ज़िन्दगी, जीवन के कुरूप दृश्य या संसार भर में जो करोड़ों प्राणी जीवन को बदलने और उसको सुन्दर बनाने का संगठित प्रयत्न कर रहे हैं यह सब महान् काव्य या सुन्दर कविता की रचना के लिए अत्यन्त उपयुक्त हैं। प्रकृति की छटा या रूपवती कन्याओं या रूपवान युवकों या पुरानी कथाओं के विषय ही कविता के विषय नहीं हैं। सौन्दर्य उपासना के लिए सबसे सुन्दर, सत्य मनुष्य जाति का वह महान् प्रयत्न है जिसके द्वारा वह किसी युग के इतिहास का निर्माण करता है। इस कविता की भाषा भी अत्यन्त सहज है लेकिन इसकी शैली 'धरती की करवट', 'बंजारानामा', 'डालरदेश', 'रोटियाँ' इत्यादि शीर्षक कविताओं से बिलकुल अलग है। जितनी रंगारंगी और शैलियों के जितने प्रकार सरल भाषा में पैदा किए जा सकते हैं उतने संस्कृत गर्भित या संस्कृत ग्रसित हिन्दी में पैदा नहीं किए जा सकते और न वर्णन के इतने स्तर।

(1)

कविता का शीर्षक ढूँढ़नेवाले, यह भी कोई बात हुई
सड़कों पर चल, बाज़ारों में जा, गलियों के चक्कर काट कभी

इस चलती फिरती दुनिया में, ताँगों में, बसों में, ट्रामों में
ठेलेवालों, रिक्शेवालों, इक्केवालों के अड्डे पर
स्टेशनों के हंगामों में, ट्रेनों की रेलों पेलों में
काँधों से जहाँ काँधे छिलते हैं ऐसे मेलों ठेलों में
रस्तों पर खेलते बच्चों में, दफ़्तर को जाते बाबुओं में
बीड़ीवालों, खोमचेवालों, तम्बोलियों की दूकानों पर
टोलों में, मुहल्लों में, क़स्बों में, देहातों में, शहरों में
खेतों में झक मार रहे हैं उन कंगाल किसानों में
मिलों, कारख़ानों, फ़ैक्टरियों के पेट कटे मजूरों में
नदियों नालों के घाटों पर नगरों की राहों बाटों पर
वह चेहरे नज़र आ जाएँगे, वह बातें सुनाई देंगी तुझे
जो उत्तर रामचरित से बढ़कर, महानाटकों से बढ़कर
दुख दर्द की मारी इस दुनिया की हैं मुँह बोलती तस्वीरें
जो पूँजीवादी विषम सभ्यता के अत्यन्त भयानकपन की
पलकों-पलकों बातों-बातों में रामकहानी कहती हैं
जो धर्म संस्कृति झूठी आज़ादी का भेद भरम खो दें
वह आँखें उठेंगी तुझ पर जिन आँखों से नरक झाँकता है
दुनिया से ज़रा आँखें तो मिला वह लोग नज़र आएँगे तुझे
जिनकी हर साँस प्राण पीड़ा है जीवन की चोटें खाए
जिनकी हर चाल मूर्च्छा है पग-पग पर तेवरा जाए
जो फिरते हैं अपने ही गले से अपनी लाशें लटकाए
ये अपने पाँव चलनेवाले जनाज़े तूंने देखे हैं
इन चलते-फिरते मणिकरणिका घाटों पर की शोभा देखी
सोनों की चिताओं से जैसे दिन रात धुआँ सा उठता है
इस जीवन दुख से लदे कारवाँ में तेरा दम घुटता है
इन प्यारी भयानक तस्वीरों की आँखों में आँखें डाल कभी
यह सब निष्फल सुन्दर सपनों का मुँह भँभोड़कर रख देंगी
तेरी स्तब्ध निर्जीव कल्पना को झँझोड़कर रख देंगी
यह ज़िन्दा मौत ऐ काश चूम ले तेरी अचेत कल्पना को
इस चुम्बन के अमृत से वह जुग-जुग को अमर हो जाएगी
तू शीर्षक को ढूँढ़ रहा है शीर्षक तुझको ढूँढ़ रहे हैं
वह देख, अनेक विषय, लाखों शीर्षक हैं तुझको घेरे हुए
कविता के शीर्षक और विषय तो ठटके ठट हैं लगे हुए
इस दुनिया से आँखें तो मिला क्या शीर्षक का है काल यहाँ

दुनिया को लगा ले छाती से फिर देख विषय और शीर्षक सब
फट पड़ेंगे तुझ पर जैसे यौवन जीवन पर फट पड़ता है
जैसे एक दहके अग्निकुंड से लाखों शोले भड़क उठते हैं
या जैसे पर्वत शिखरों पर मतवाली घटाएँ उठती हैं
जैसे पर्दों को छूते ही अनगिनत साज़ बज उठते हैं
जैसे मौसम के बदलते ही सोए बन-उपवन जाग उठें
या रन पड़ते ही उबल पड़ें लाखों म्यानों से तलवारें
जैसे जनता में इन्क़लाब आते ही जान पड़ जाती है
या जैसे ज्वालामुखी नींव पूरी लेकर फट पड़ता है
विषय और शीर्षक तो निश दिन बरस रहे हैं
देख अनगिनत छातियों से वो धुआँ उठता है
इसी धुएँ के बादल से बिजली और पानी
बनकर शीर्षक टूट रहे हैं, बरस रहे हैं
आँखें चकाचौंध हो जाती हैं विचार की
कवि; इस बरखा से विवेक का रोम-रोम भीग उठता है
हर्ष और विस्मय के छक्के छूट जाते हैं
स्तब्ध कलाना देख के झंझावात थरथरा उठती है
पाँव उखड़ जाते हैं कवि इस जल प्लावन में
इस जीवन बलिदान भूमि को छू ले
देख आँख भरकर धरती को
लाखों शीर्षक ख़ाक और ख़ून में लोट रहे हैं
देख स्यापा छाया हुआ है, कितना भयानक सन्नाटा है
घुले-घुले तारे हैं, संध्या धुआँ-धुआँ है
धैर्य्य-धर्म के मुँह पै हावई छूट रही है
मृत्यु और जीवन की उफ़ यह कानाफूसी
उफ़ संकेत असंख्य मूक कम्पित अधरों के
जीवन की अनगिनत पुकारें कंठरुद्ध हैं
लाखों शीर्षक तुझको आज क़सम देते हैं
लाखों शीर्षक तुझसे वाणी माँग रहे हैं
तुझसे अपनी रामकहानी माँग रहे हैं
इन्हीं शीर्षकों से दुनिया को अमर गान दे
इन्हें सजीव सुकविता का अमरत्व दान दे

(2)

पूरे महाभारत से कई गुना बढ़कर था
कई गुना भीषण था, लाखों गुना महत्त्वपूर्ण था
वह घोर भयंकर महायुद्ध जो चार महाद्वीपों में
छह वर्षों तक अंगारे बरसाता हुआ समाप्त हुआ
देश-देश में, द्वीप-द्वीप में मौत की देवी नाच रही थी
हिटलर ने अनगिनत सैनिकों को इस रण में झोंक दिया था
रूस पर हल्ला बोल दिया था
सबसे प्रबल शक्ति
दुनिया की सबसे ज़बरदस्त सेना
रूस पर टूट पड़ी थी
रूस अमर हो गया इस अग्निपरीक्षा में पड़कर
लाल सेना से टकराकर
आग और लोहे की बढ़ती हुई चटानें
टूक-टूक हो गईं
कितने भीष्म पितामह, कर्ण, भीम, अर्जुन, अभिमन्यु
कितने द्रोनाचार्य, युधिष्ठिर, अश्वत्थामा
कितने राम, लक्ष्मण, अंगद, हनुमान, दुर्योधन
कितने पृथ्वीराज, ग़ज़नवी, कितने बाबर, कितने साँगा
कितने रानाप्रताप, कितने शिवाजी, कितने गोबिन्दसिंह
कितने टीपू कितने श्रृंगापटम
कितने महोबा कितने पानीपत कितने छत्तीसगढ़
कितनी हल्दीघाटियाँ, कितने चित्तौड़, कितने भरतपुर
कितने जलियाँवाले,
धूल में, धुएँ में, धाँय-धाँय में, धमाकों में उड़ गए
युग-युग के लिए
कृत-कृत्य हो गए
अपना रक्तामृत पीकर
अमर हो गए
एक स्टालिनग्राड नगर के कुरु-क्षेत्र में
काम आ गए
जीवन के इस यज्ञ में प्राणों की आहुति दे दी
हर रूसी महिला दुर्गा बन गई

रूस ने रहती दुनिया को छत्तीस कोटि हाथों से
बचा लिया
कच लोहिया की हर हँसिया
गांडीव धनुष बन गई
हथौड़े
बज्र बन गए
कारख़ानों के पहिए
लाखों चक्र सुदर्शन बनकर टूट पड़े
मास्को से बर्लिन तक
नाज़ी सेना को चीर गए
भगदड़ मच गई
रूस को खड़े-खड़े बेलाग चबा जानेवालों के
दाँत खट्टे हो गए
लाल सेना ने
जंग का पासा पलट दिया
बर्लिन पर धावा बोल दिया
राइचस्टाग पर हँसिया और हथौड़ा लहरा उठे
जीवन के अनमोल मान मिटने से
बाल-बाल बच गए
यह संग्राम
देवदनुज संग्राम
से कई गुणा बढ़कर था
रूस की पुण्यभूमि
लहक उठी धहक उठी
लाखों कुरुक्षेत्रों से अधिक दमक उठी
दिव्य दृष्टि रखता हुआ कोई आँखवाला यदि
संजय के समान इस विराट महाभारत को
इस महाकाव्य को जो उसके देखते हुआ
अमरवाणी दे देता लोक लोकान्तर में
झंकृत कर देता
अन्धे धृतराष्ट्रों की आँखें खोल देता
और तू अभी तक
शीर्षक को झींकता है
कितने वाल्मिकों को, कितने वेदव्यासों को

कितने होमरों को, कितने पिंडारों को, कितने पीट्रार्को को
कितने वर्जिलों को, कितने पुश्किनों को, कितने शेक्सपियरों को
कितने कालिदासों को, कितने भवभूतियों को, कितने फ़िरदौसियों को
कितने मिल्टनों को, कितने अनीसों को, कितने टाल्सटायों को
असंख्य महाकाव्यों की अनन्त रचनाओं की अनगिनत कृतियों की
सामग्री यह घटना दे गई, ख़ज़ाने लुटा गई
और सुन
अमेरिका इंग्लैंड तमाशा देख रहे थे दूर खड़े
रूस को जलते हुए खुशी से देख रहे थे
कभी-कभी दो हलके हाथ चला देते थे
पाँच सवारों में जिससे गिनती हो जाए
लहू लगाकर यह भी शहीदों में मिल जाएँ
दूसरा मोर्चा अब खुलता है तब खुलता है
सोचा यह था
रूस और जर्मन संग्राम
दो साँपों की लड़ाई है
दोनों मर जाएँ तो अच्छा
साँप मरे लाठी भी न टूटे
और
जली फुंकी दुःख की मारी दुनिया से
साम्यवाद का, उन्नति का, मज़दूर राज्य का
नाम मिट जाए
फिर से अपना साम्राज्य क़ायम हो
और गुलाम बना लें दुनिया को फिर
फिर तो चाँदी है
फिर तो पाँचों घी में हैं
ऐसा हो जाए, फिर तो अपने पवबारे हैं
दुनिया की क़िस्मत के वारे-न्यारे हैं
यह अन्तरराष्ट्रीय विश्वासघात
यह विश्व विद्रोह
यह चर्चिल की राक्षस नीति
यह पैशाचिक कूट नीति
ठीक है
हिटलर, टोजो, मुसोलिनी, फ्रेंको, चर्चिल, च्यांग काई शेक

बड़े-बड़े पूँजीवादी देशों का शासक वर्ग
और अन्य देशों के भी छुटभय्ये शासक
सब आपस में घने मित्र भी तो थे
ये सब एक ही थैली के चट्टे-बट्टे थे
आपस में गहरी छनती थी
कुछ तो वह करते अदा दोस्ती का हक़
लाल फ़ौज जब बर्लिन के समीप पहुँची है
ट्रूमैन चर्चिल रुद्ध कंठ से बोल उठे हैं
''रहा एक दिन अवधि अधारा।
सोचत मन दुख भयो अपारा।।'' (तुलसीदास)
हिटलर से थी अब यही प्रार्थना उनकी
''दयानिधि अवगुण चित न धरो'' (सूरदास)
सब पूँजीवादी रोते थे यह कहकर
हम मिट गए मन की द्विविधा में
हम लुट गए राम खुदैया में
''मोरा हीरा हेराय गयो कचरा में'' (कबीर)
''केकर मानों बात कोठरिया में दुइ जने बोलैं''[1] (कबीर)
हिटलर कहता था
''मैंने देखी जग की रीति मीत सब झूठे पड़ गए''
रूस की शक्ति देखकर
मुँह बिसूर कर
बचे बचाए पूँजीवादी देश लगे सब कहने
''रमैया तोरी दुल्हन लूटे बजार'' (कबीर)
रूस से कैसी सच्ची मैत्री की थी
''मन न रँगायो रँगायो जोगी कपड़ा'' (कबीर)
अब अपना वह रूप देखकर शरमाते हैं
अब अपने आपसे आँखें चार नहीं होती हैं
''मुखड़ा क्या देखे दर्पन में जब दया धरम नहीं तन में'' (कबीर)
अब फिर हिटलर की याद बहुत है आती
अब मरे हुए हिटलर से सब कहते हैं
''हम मूरख खल कामी तुम सबके स्वामी'' (संगीत रत्न प्रकाश)
रूस की शक्ति देखकर अब इन सबको
खुदा याद आ जाता है, सब गा उठते हैं
''दुख हरो द्वारिकानाथ शरण मैं तेरी

बिन काज आज महराज लाज गई मेरी" (लोकगीत)
कवि यह सब हो गया तेरी आँखों के आगे
अब तक तेरी कला कल्पना सोई हुई है
तेरा हृदय अभी तक सपने देख रहा है
और स्वप्नवत् अब तक शीर्षक ढूँढ़ रहा है
बात यह है कवि
कि तू खा गया अफ़ीम
पिनक में तू करता है आकाश की सैर
नक्की सुरमें न जाने तू क्या देखकर
बड़बड़ाता है तू गुनगुनाता है तू
स्वप्न में यह समझता है तू काव्य संगीत की निधि तुझे मिल गई है
ख़ज़ाना बड़ा कोई हाथ आ गया है
मगर जान ले तेरी सब माथा पच्ची
तेरी छायावाद और ध्वनियाँ निराली
तेरे ताल सम तेरे सरगम
तेरी गिटकिरी और तेरे अलाप
तेरे गत तेरे स्वर
ये सब राग और रागिनी
यह सब ता ता थैया
पूँजीवादी प्रथा की हैं खट्टी डकारें
तेरी छायावाद और सौन्दर्य पूजा
क्षय रोग है जिससे बचना है मुश्किल
तेरे गीतों की विषम मधुरता
क्लोरोफ़ार्म की कुछ धोंकियाँ हैं, धुआँ हैं
काव्य संगीत के इन ख़याली ख़ज़ानों को पाकर
तू सपने में अपने को क्या जाने क्या जान बैठा, क्या मान बैठा
यह न समझा
कि सपने में धन पाके धनवान होता नहीं कोई[2]
इसी से तो कुछ चौंककर अब तुझे यह पता चल रहा है
कि दिवालिए का दिवालिया रह गया तू
इसी से तो अब शीर्षक ढूँढ़ता है, विषय ढूँढ़ता है

(3)

बात से बात निकलती है कवि
तू रूमानिया से परिचित है
तू हंगरी से परिचित है
बल्गर देश का नाम सुना है
और चेकोस्लोवाक जाति की तुझको ख़बर है
पोल जाति का हाल सुना है
अल्बानिया का नाम सुना है
इन देशों ने युग युगान्तर के सब पाप काट डाले हैं
नई सभ्यता की खेती लहलहा रही है
इन देशों में जीवन सागर ठाठें मार रहा है
इन देशों की धरती सोना उगल रही है
रूस और इन देशों के काँधे से काँधे मिले हुए हैं
सब मिलकर आगे बढ़ते हैं
क़दम मारता आगे बढ़ता हुआ कारवाँ
कई घाटियों के मोड़ों से गुज़र रहा है
और मंज़िलें धूल समान उड़ी जाती हैं
इन देशों में
पूँजीवादी विषम प्रथा की रात
कट चुकी
इन देशों के
नवजीवन की कम्पित क्षितिज देख कवि !
वह स्वर्णिम पौ फूट रही है
साम्यवाद का सूर्य उदय होता है
जीवन का मुखड़ा दमक उठा है
कितने शीर्षक लेगा तू !

(4)

कभी कभार कदाचित् समाचार पत्रों पर
कवि तेरी नज़र पड़ जाती होगी
जीवन से ऐसा असहयोग भी क्या कवि
कि जो कुछ धरती पर होता है

जो कुछ मानव पर गुज़र रही है
उससे नितान्त अनभिज्ञ रहे
ख़ैर जाने दे
कवि तूने सुना नहीं
चीन के लोगों ने
जिनकी संख्या है आधा अरब—
तू तो जैसे कुछ ऊब जाए, उकता उठे,
क्या संख्याओं अंकों से घबराता है तू
लेकिन देख इधर
एक सुसंस्कृत और सुशिक्षित प्राणी.का यह लक्षण है
कि उसे आँकड़े करें प्रभावित
शून्य कल्पना ही वाले
संख्याओं से घबरा जाते हैं
झूठा आदर्शवाद ही
संख्याओं अंकों को कह देता है माया—
हाँ तो आधे अरब चीनवालों ने
(जिनकी संख्या है इतनी
कि संसार भर की सब जातियों में
किसी जाति की इतनी संख्या नहीं है)
अपनी दुनिया बदल दी, काया पलट दी
जनम-जनम का पाप काटकर
जनम-जनम के लिए रख दिया
उनके इस महाकार्य ने
कई महाभारत की
सामग्री कवियों को दे दी
तू शीर्षक ढूँढ़े जा

(5)

बर्मा में, मलाया में, कोरिया में
हिन्द-चीन में
तू इतने नामों से घबरा न उठा हो ?
भूगोल और काव्य में अति घनिष्ठ नाता है
धरती का संगीत अमर होता है

आकाशों के गीत हवा में उड़ जाते हैं
शून्य में लय हो जाते हैं
हाँ तो आज कई देशों में भू मंडल पर
पूँजीवाद और साम्यवाद में
मृत्यु और जीवन के बीच
मल्लयुद्ध हो रहा है
और तू सो रहा है
शीर्षक को रो रहा है
कल्पित मिथ्या में
शून्य में अपने को खो रहा है
आज तेरी जीभ पर
फ़ालिज गिर पड़ा है
कवि किस संकोच ने
होंठ सी दिए हैं तेरे
तेरी कल्पना का आज
मुँह बँध गया हो जैसे
यह तो वह युग है कवि
जिसके संकेत से
"पंगु चढ़ैं, गिरवर गहन मूक होहिं बाचाल" (तुलसी)

(6)

दूर न जा कवि
फिर भारत पर एक नज़र कर
भारत में जो सच्ची झूठी आज़ादी है
साफ़ रूस के बलिदानों का फलस्वरूप है
कितनों ने इसको सोचा है
कि रूस यदि मिट जाता तो
रूस हार जाता तो
दुनिया का, भारत का
हाल क्या होता आज
रूस मर जाता तो
दुनिया में जीता कौन
भारत की यह बुरी भली आज़ादी

नाम की आज़ादी है
काम की नहीं
डालर साम्राज्य और स्टर्लिंग साम्राज्य की
ठंडी सुहानी विषम छत्र छाया में
सेठों का राज है
राज है चोर बाज़ारियों का
रिश्वत का राज है
भूख का राज है
रोग का राज है
राज है बेकारी का
बेरोज़गारी का
दमन का राज है
मौत का राज है
कितनी उदासी है
वातावरण की साँसें रुकी हुई हैं
धुआँ घुट रहा है
पूँजीवाद अब उल्टी साँसें लेता है
पूँजीवादी प्रथा से
पूँजीवादी शासन से
रन पड़ चुका है
चुनौती पहुँच चुकी है
बेड़िया, गोलियाँ, फाँसियाँ बिफरी हुई जनता पर
लाठियों की बौछारें
संगीनों की मारें हैं
युद्ध छिड़ चुका है
ऐसे में कवि तूने
मुँह में घुंघनियाँ डाल रखी हैं
ऐसे में तुझको
चुप लग गई है
चुप रहते-रहते
छाले नहीं पड़ गए
तेरी ज़बान में
आँखें बन्द रखते-रखते
चिपक नहीं गई पलक-पलक से

चेत कवि, मन की ज्योति जगा ले
जनता अधीर हो उठी है बिफर उठी है
कोई इस शासन से
खुश नहीं है
भरोसा उठ गया है
शासकों और नेताओं पर से
चारों ओर
चिनगारियाँ देश में उड़ रही हैं
लुटी, भूखी, नंगी, सताई हुई
जनता की साँसों से
बारूद की बू आ रही है
जीवन स्थिर नहीं है, शिथिल नहीं है
यही तो समय है ललकारने का
एक रात की सौ रातें हैं एक बात के सौ अफ़साने
क्यों तेरी छाती ज्वालामुखी बनके फट नहीं पड़ती
तेरा गला पड़ गया है
गांडीव की टंकार नहीं है तेरे स्वरों में
तेरी क़लम की शक्ति बाण बनकर क्यों नहीं चलती
समय बीत जाता है बात रह जाती है कवि
मुहर तोड़ अपने होठों की
ऐ सजीव ज्वालामुखी
फट जा
और जनता द्रोही, जनता घातक
शक्तियों पर
अपनी वाणी की पिघली आग बरसा दे
जीवन बरसा दे
आँसू बरसा दे
हलाहल बरसा दे
लावा बरसा दे
अमृत बरसा दे
युग के तेवर देख
भारत के ललाट पर
प्रलय के चिह्न देख कवि !
छन्द के तांडव का कवि

यही समय है
देश को क्रान्तिकारी स्वरों की अग्नि वृष्टि में
नहला दे
साम्यवाद का सूर्य उदय हो
भारत की काया पलट जाए
अब महाक्रान्ति से

सन्दर्भ

1. पूँजीवादी राष्ट्रों के परस्पर हित संघर्ष की ओर संकेत है। अर्थात् रूस का अब दुनिया में बोलबाला है 2. कबिरा गर्व न कीजिए सपने में धन पाय (कबीर)।

कवि क्या कर देता है

बात है सन् 1942 की। उन दिनों हिन्दी के कुछ मशहूर कवियों की कविताओं पर मैंने तीव्र और कटु आलोचनाएँ लिखी थीं। उस ज़माने में बहुत सी हिन्दी कविताएँ पढ़ने से जो मुझे असन्तोष हुआ था और सुन्दर हिन्दी शैली की जो रूप रेखा मेरी चेतना में प्रतिबिम्बित हुई थी उसके फलस्वरूप इस कविता की रचना हो गई। इस कविता में मैंने यह प्रयास किया है कि अपूर्ण क्रियाएँ न आने पाएँ। वाक्यों की बनावट या साँचा या ढचर और शब्द क्रम सब स्वाभाविक हों। पंक्तियों में झोल न आने पाए और ऐसे तत्सम शब्द न आने पाएँ जो हिन्दी में खलें या अनुपयुक्त हों। कविता की शैली में सुगमता और प्रवाह गद्य से भी अधिक होना चाहिए ताकि सुनते ही या पढ़ते ही पंक्तियाँ दिल में उतर जाएँ और ज़बानों पर चढ़ जाएँ। सरलता, सुगमता और स्वाभाविकता के साथ इसका भी ध्यान रहना चाहिए कि पंक्तियाँ ठस्स और सिलपट न हों और वाक्यों में भदेसपन न आने पाए। शैली के इन्हीं आदर्शों से प्रेरित होकर मैंने इस कविता की रचना की है। मेरी उपरोक्त समालोचनाओं और इस कविता के छपने पर बड़ी ले दे मची थी।

बोलचाल के सुन्दर शब्दों में हैं जादू भरे हुए
इनमें लिखना आ जाए तो यश वैभव हैं धरे हुए
पूरी शुद्ध क्रियाएँ लिखिए, शब्दों का क्रम रखिए ठीक
सरल, सरस, स्वाभाविक शैली क्या है, उसे परखिए ठीक
तत्सम और असाधारण शब्दों को लाएँ कहीं कहीं
अधिक प्रयोग जटिल भाषा का सफल काव्य में कहीं नहीं
आप संस्कृत नहीं जानते मुझको तो ऐसा ही दिखाय
सुना नहीं क्या आपने कविजी आधी गगरी छलकत जाय
सुन्दर तद्भव शब्दों से यदि आप सजाते अपना राग
निस्सन्देह आपके हाथों खुल जाते भारत के भाग

किन्तु आपकी शैली ऐसी जिसकी महिमा कही न जाय
इस शैली के फूहड़पन पर हँसी आय या रोना आय
अमृतस्वर बरसा दे हिन्दी, छिड़े देस में ऐसी तान
छोटे बड़े मातृभाषा पर करने लगें उचित अभिमान

x x x

जगमगाएँ भाषा के हीरे यों खराद पर चढ़े हुए
जैसे थरथराएँ रह रहकर तरल नगीने जड़े हुए
हँसी और आँसू में डूबे ऐसे मधुर बोल फूटें
रात गए आकाश से जैसे रह रहकर तारे टूटें
रचे हुए छन्दों की छाती जगमग जगमग यों झलके
जैसे बिल्लौरी प्याले से पिघली हुई आग छलके
अन्धकार के उर में कवि की जलती साँसें दिए जलाएँ
कवि की हल्की नर्म फूँक से रवि शशि के दीपक बुझ जाएँ
कवि का उमड़ा हुआ हृदय है या हैं दल के दल बादल
इन्हीं घटाओं के परदे में हैं अनगिनित सूर्य-मंडल
देख, थरथरी सी कुछ है तारों में कवि की बानी से
दुनिया की क़िस्मत पलटा लेती है नई कहानी से
कवि के कम्पित स्वर में जीवन का चमकीला पहलू है
शब्दों की अनुपम गति है या कोई चलता जादू है
पंच-भूत से बनी सृष्टि को कवि की बोली यों चमकाय
जिसके आगे देवलोक का भी प्रकाश फीका पड़ जाय
वात्सल्य, कवि की बानी में दिव्य रूप धारण कर ले
अपने ही बिछुड़े बच्चे से गोद जगत माता भर ले
कविता वह है जो यथार्थ को नए ढंग से विदित करे
जीवन के जाने पहचाने रूप दिखाकर चकित करे
सीधे सादे शब्दों में जीवन का भेद बताता है
बात सामने की कहकर कवि दूर की कौड़ी लाता है
कविता में यह जीवन नाटक ऐसा साफ़ दिखाई दे
शुद्ध ज्ञान आशीर्वाद दे अनुपम सत्य बधाई दे
ऊषा अँगड़ाई लेकर उठती है कवि के गानों में
बिरहिन की छाती सी पौ फटती है तरल तरानों में
लाल किरण फूटी आशा की, चली समीर, छटी बदली
इधर पुकार लगाई कवि ने और उधर दुनिया बदली
अचल पहाड़ बहें तिनके बनकर कविता के धारे पर

उदधि किनारे से हट जाए कवि के एक इशारे पर
फूलों को शूलों से भर दे काँटों से वह फूल खिलाय
भँवर डाल दे चढ़ी नदी में तो उल्टी गंगा बह जाय
कवि वह जो मुँह बिना बिगाड़े जीवन के सब रस चख ले
स्वर्ग नरक संसार सभी को हँस-हँस के उर में रख ले
कवि के दुखते दिल में करवट लेता है जीवन इतिहास
कवि के ढलते अश्रु-बिन्दु से बुझती है जीवन की प्यास
कौन हँसे इस दिल से जग में, ऐसे दिल से रोए कौन
जीवन को जीवन के रस में कवि के सिवा डबोये कौन
जग के हर्ष विषाद चमककर कवि के हर्ष विषाद बने
अपनी बोली जिसको सुनना हो वह कवि के बोल सुने
फूटा कंठ मूक मानव का, कवि ने प्रथम गान गाए
गूँगे का सपना था जीवन, समझ समझकर पछताए
मसें भीगती हैं जीवन की कवि की मादक बानी से
शाम जवानी की होने लगती है इसी कहानी से
मौत से बाज़ी बदकर सोए सपनों में दुख सुख खोए
अट्टहास से गगन हिला दे या वरिया दरिगा रोए
छन्द-श्वास से दबी हुई चोटें भी उभर उभर आईं
कवि का आर्तनाद सुनकर जीवन की आँखें भर आईं
पौ फटने से पहले कवि ने जीवन गाथा दुहराई
धरती ने करवट बदली, नभ-मंडल ने ली अँगड़ाई
देख धुँधलके में वह बिखरे तारों की ज़ंजीर हिली
उधर क्षितिज के हाथों को ऊषा की झिलमिल कोर मिली
जीवन-उपवन में है कविता, शीत, समीर, तपन, ठंडक
षट्-ऋतु, धूप, छाँह, आँधी, घनघोर घटा, तम और चमक
कवि ही के उकसाने से जीवन की नाड़ी चलती है
कविता के आँचल ही से दुनिया की हवा बदलती है
चलती हैं उनचास बयारें कवि के एक इशारे पर
क्या मजाल कवि की इच्छा के बिना हवा भी मारे पर
कविता में रस हो, जस हो, सौन्दर्य छटा की छल बल हो
अमृत-हलाहल हो, तेवर हो आदि शक्ति का कसबल हो
पीड़ा से विक्षिप्त हृदय में करता है जीवन विश्राम
दिव्य, अलौकिक, सुखद शान्ति में पलता है जीवन-संग्राम
कोई कवि से यह पूछे क्या कविता करना फलता है

ख़ून थूकता है रह रहकर कवि या लाल उगलता है
कविता में शिव के विष पीने की मिलती है दिव्य झलक
नर्म झुकाव अँखड़ियों का, बलखाई भवों की नर्म लचक
शक्ति बान जीवन का खाकर वह कवि का मूर्छित होना
कल्पवृक्ष जिनसे उगता है ख़ून के वो आँसू बोना
कविता में कितने प्रलयों का दृश्य दिखाई देता है
छम छम छम छम छम छम शिव का नृत्य सुनाई देता है
ख़ून भरी तलवारों में कवि ने देखा है जीवन-वेष
मौत के मुँह से भी दीवाना सुनता है जीवन-सन्देश
कवि था जिसने इस दुनिया की तेज़ हवा में दिए जलाए
ऐसी तेज़ हवा जिसमें रवि-दीपक की भी लौ बुझ जाए
युग युगान्तर लय हो जाएँ अगर जागने पर आए
आँख झपक जाए कवि की तो ब्रह्मा का दिन ढल जाए
सूर्य चन्द्र तारे हैं या कवि की छाती के छाले हैं
अपने दग्ध हृदय से कवि ने क्या क्या गेंद उछाले हैं
जीवन में कवि के स्वर से उठती है यह कैसी झनकार
अमृत में डूबी लय है या विष में बुझी हुई तलवार
उफ़ कवि का उर ! कितने युग प्रति क्षण आते हैं काम यहीं
होता है आरम्भ काल से देव-दनुज संग्राम यहीं
देवलोक का मृत्युलोक से खेल यहीं पर होता है
निगुन सगुन की सीमाओं का मेल यहीं पर होता है
बुद्धिवाद, अध्यात्मवाद, सब कर्म, धर्म, दर्शन विज्ञान
कवि की आँखें पड़ते ही पा जाते हैं जीवन वरदान
कवि से जनता, जनता से कवि विमुख अगर होने पाए
लोक-संगठन, ज्ञान, सभ्यता लोप सभी का हो जाए
कवि की कम्पित लय में सोया नवजीवन करवट बदले
क्रान्ति और विश्रान्ति से मिलकर जहाँ एक ही ध्वनि निकले
आदि पथिक मानव को दुर्लभ था जीवन में मिलना ठाँव
कोस कड़े थे, मँडलाई सर पर कविता की सुरभित छाँव
कविता की ध्वनि में जीवन की चाप सुनाई देती है
हाथों हाथ थके मानव को यह बोली ले लेती है
मानव जीवन में कवि जाने क्या जादू कर देता है
अनुपम सुख धर देता है या नई कसक भर देता है
देश काल के दर्पण में दुख सुख की ऐसी झलक दिखाए

भीगे फूल गिरें धरती पर यदि कवि अंगारे-बरसाए
जीवन-दीप-शिखाओं को कविताएँ यों उकसाती हैं
नभमंडल की अगिनित आँखें झपक झपकसी जाती हैं
सृष्टि सजीव अनन्त कल्पना से बल पर बल खाती है
कविता ही की चन्द्र किरण से यह नद्दी लहराती है
ठाठें मार रहा है जीवन-सागर चढ़ता पानी है
कवि की लय है या दुनिया की उबली हुई जवानी है
किस बिरते पर तत्ता पानी किस बलपर कोई इतराय
यदि दुनिया को कवि न हँसाए यदि दुनिया को कवि न रुलाय
मानव ने मानवता का कुछ तत्त्व उसी से जाना है
दुनिया ने कवि की बानी में अपने को पहचाना है
जो थे शत्रु संगठित जीवन के उनका दल टूट गया
तम की प्रबल शक्तियों का दिल बैठ गया, जी छूट गया
आँखों आँखों में तोला है बन्दी जीवन का चिर भार
बातों बातों में खोला है कवि ने नए स्वर्ग का द्वार
जिन आँखों को कण कण में संसार दिखाई देता है
जिन आँखों को जल-कण अपरम्पार दिखा देता है
कवि की वह आँखें अनन्त को दृष्टिकोण में रखती हैं
उड़ती हुई निगाहों से जीवन के तत्त्व परखती हैं
हदें सान्त की तोड़ रही है, वह बहार हो या पतझड़
उर अनन्त का फोड़ रही है निर्बल तृण की पतली जड़[1]
दृष्टि झुकी तो आँखों के तिल में जीवन के भेद मिले
दृष्टि उठी तो नीलाम्बर पर सूर्य चन्द्र के कलस हिले
धुआँ धुआँ सी जीवन सन्ध्या वातावरण उदास उदास
ऐसे में कवि के आँसू हैं छटके तारों का मृदु हास
बस इतनी थी देर प्रकृति की आँख से कवि की आँख मिले
बादल गरजा, बिजली चमकी, कोयल बोली, फूल खिले
जो डरते हैं जीवन से अवलम्बन ढूँढ़ें और कहीं
जीते मुर्दे को काँधा देना कविता का काम नहीं
जीवन का निज रूप दिखाएँ, इसके कहाँ क़रीने हैं
औरों के दिल और आँखें तो टट्टी के आइने हैं[2]
जिन्हें लालसा है जीवन की साफ़ साफ़ दर्शन पा लें
वह कवि के दिल में दिल डालें, आँखों में आँखें डालें
परिचित जीवन का वैचित्र्य दिखाना सबका काम नहीं

सरल और अद्‌भुत की हदें मिलाना सबका काम नहीं
कवि के बाद सुनाई देगा जीवन का यह साज़ कहाँ
यही शोर होंगे लेकिन वह दर्द भरी आवाज़ कहाँ
कवि का गान रुका, घायल मानव का धीरज छूट गया
ऐसी करवट ली रोगी ने टाँका टाँका टूट गया
मानवता के मुख पर अब तक गत पशुता की झाँईं है
बीते हुए युगों की अब तक जीवन पर परछाँईं है
मानवता को पाक आँसुओं से धोकर चमकाता है
दबी हुई आँखों से बर्बरता को दिव्य बनाता है
शब्दों का यह खेल नहीं है, कुछ समझो कविता क्या है
साँस सकल विद्याओं की विज्ञान के मुख की आभा है[3]
माया की तो हस्ती क्या थी खाकर चोट अधीर गई
कई बार तो आदि सत्य को कवि की बानी चीर गई
हर एक युग के आदर्शों के मापदंड हैं कवि के बोल
ऐसी हवा सनकती है जीवन देता है परचम खोल
पृथ्वी टकराए नभ से कविता-धारा यदि अड़ जाए
साथ कल्पना का दे तो बिजली की साँस उखड़ जाए
मानवता को क्या सूझी जो ऐसा तीर चला बैठी
कवि से जीवन-दान मिला तो मौत से आँख लड़ा बैठी
गाए जा हे कवि कब तक दुनिया के भाग्य रहेंगे वक्र
जाग उठेगा इस बानी में मानव का कुंडलिनी चक्र
हे कवि, दुनिया बदल रही है, जीवनगान सुनाए जा
नव विधान की पौ फटती है, गाए जा, हाँ गाए जा

सन्दर्भ

1. "Every grass-blade strikes its roots into Eternity" —Sir W. Watson 2. बहुत सस्ते और घटिया आईने को जिसका शीशा काग़ज़ी होता है टट्टी का आईना कहते हैं 3. Poetry is the breath and finer spirit of all knowledge; it is the impassioned expression in the countenance of all science —Wordsworth

तराना

यह तराना भाव और विचार के अतिरिक्त छन्द की विलक्षणता के लिए ध्यान देने योग्य है। इसमें छन्द सम्बन्धी जो प्रयोग किया गया है उससे शब्दों और स्वरों की एक ख़ास लहर पैदा होती है और एक ऐसा संगीत उभरता है जिसे इन पंक्तियों को गुनगुनाकर ही समझा जा सकता है। इस तराने को ग़ज़ल का एक रूपान्तर समझना चाहिए। हर लम्बी पंक्ति बीच-बीच में कई लहरें उठाती है, जो पंक्ति के अन्त में समाप्त होकर अपनी अन्तिम लहर को एक छोटी पंक्ति के रूप में दोहराकर समाप्त होती है।

आँखों से छलके शराब रे साक़ा, आँखों से छलके शराब,
आँखों से छलके शराब जादू कैफ़े शबाब
जादू कैफ़े शबाब रे साक़ी जादू कैफ़े शबाब
जलवये शीशा ओ जाम झमाझम, मौजे-मए-गुलफ़ाम[1] चमाचम
क़ामते-साक़ी बर्क़े दमादम[2] इनका कहाँ जवाब
इनका कहाँ जवाब रे साक़ी इनका कहाँ जवाब
मोजज़ा ज़ारे-रंग-ओ-निकहत[3] जलवादहे गुलज़ारे जन्नत[4]
आइनादारे हुस्ने हक़ीक़त[5] तेरी जबीं[6] के गुलाब
तेरी जबीं के गुलाब रे साक़ी तेरी जबीं के गुलाब
दुनिया दुनिया, आलम आलम, चश्मेखुमारीं[7] का कैफ़-ओ-कम,
चश्मे ख़ुमारीं का कैफ़ कम धोका अज़ाब-ओ-सवाब
धोका अज़ाब-ओ-सवाब रे साक़ी धोका अज़ाब-ओ-सवाब
आँच आँच है तेरी जवानी कंचन नीर अंगूर का पानी[8]
उफ़ ये तमौव्वुज[9] उफ़ ये रवानी पिघली आगशराब
पिघला बिलूरे शबाब[10] रे साक़ी पिघली आगशराब
साक़ी सीनों में आग लगी है कैसे बुझे यह आग रे साक़ी कैसे बुझे यह आग

बादा भी है कमयाब[11]

बादा भी है कमयाब रे साक़ी बादा भी है कमयाब
मिट मिटकर दिल सँवर गए हैं उजड़ उजड़कर नगर बसे हैं नाम हुए हैं
काम बने हैं कर दे जहाँ को ख़राब
कर दे जहाँ को ख़राब रे साक़ी कर दे जहाँ को ख़राब
हाय जवानी वाय जवानी किस बिरते पर तत्ता पानी किस बिरते पर तत्ता
पानी—सब अफ़साना-ओ-ख़्वाब
सब अफ़साना-ओ-ख़्वाब रे साक़ी सब अफ़साना ओ ख़्वाब
ले न उड़े मैख़ाने को मिलकर बूए-बादा[12] से पाके इशारा, बूए-बादा से
पाके इशारा-नग़्मये-चंग-ओ-रबाब
नग़्मये-चंग-ओ-रबाब रे साक़ी नग़्मा-ओ-चंग-ओ-रबाब
दौरे-तमद्दुन लाखों बीते कब इन्सानों को आएगी रिन्दों[13] की तहज़ीब—
पीने के आदाब[14]
पीने के आदाब रे साक़ी पीने के आदाब
तुझे यक़ीन आए कि न आए आँखों में तेरी आँखें डाल के देखा जागता ख़्वाब
देखा जागता ख़्वाब रे साक़ी देखा जागता ख़्वाब

सन्दर्भ

1. लाल शराब 2. साक़ी का बिजली का सा चमकता शरीर 3. रंग और सुगन्ध के चमत्कारों का स्थान 4. स्वर्ग की झलक दिखानेवाला 5. सत्य के सौन्दर्य का दर्पण 6. माथे 7. मस्त आँखों 8. शराब 9. हिलोरें लेना 10. बिल्लूर की जवानी 11. दुर्लभ 12. शराब की गन्ध 13. पीनेवालों, शराबियों 14. ढंग, तरीक़े।

फुटकर

पुराने हिन्दी काव्य में कविता का केवल एक रूप और उसका केवल एक छन्द ऐसा था जिसमें दो पंक्तियाँ होती थीं और एक पूरी बात या विचार की एक पूरी इकाई व्यक्त हो जाती थी। वह रूप और वह छन्द दोहे का था जिसमें अनेक ब्रज भाषा या पुरानी हिन्दी के कवियों ने रंगारंग फूल खिलाए हैं और ऐसे सब कवियों के आगे-आगे रहीम ख़ानख़ाना, नज़र आते हैं। संस्कृत में भी अलग-अलग श्लोकों में बड़ी-बड़ी बातें कह डाली गईं और यह परम्परा ऋग्वेद के सूत्रों से चली आ रही है लेकिन खड़ी बोली हिन्दी के किसी कवि ने अब तक दो पंक्तियों में एक पूरी बात सरस, संगीतपूर्ण, हृदयग्राही या कलात्मक रूप से कह सकने का सबूत नहीं दिया।

उर्दू अपने जन्म-दिन ही से एक ही छन्द में नहीं अनेक छन्दों में और केवल दो पंक्तियों में अनेक प्रकार के सम्पूर्ण विचार व्यक्त करती आई है। उर्दू ग़ज़ल का हर शेर जो दो पंक्तियों का होता है एक सम्पूर्ण काव्य होता है जिसके द्वारा हम एक कण में सहरा, एक बूँद में दरिया और एक अंश में सम्पूर्ण सत्य देख लिया करते हैं। उर्दू-प्रेमियों को जितनी ग़ज़लें या कविताएँ याद हैं उससे कहीं अधिक लोगों के फुटकर शेर याद हैं। हज़ारों आदमी ऐसे फुटकर शेरों को सुनते-सुनाते और सर धुनते हैं। किसी अपरिचित कवि का स्थान अगर पल भर में निश्चित करना हो तो उससे कहिए कि वह अपने दो-चार फुटकर शेर सुनाए। फ़ौरन मालूम हो जाएगा कि कवि कितने पानी में है।

अभी बहुत ठोकरें हैं खाना, अभी बहुत चाल चूकना है
अभी बहुत गुल हैं खिलनेवाले अभी बहुत ख़ून थूकना है

आतिशे-इश्क़[1] भड़कती है हवा से पहले
होंट खुलते हैं महब्बत में दुआ से पहले

ज़िन्दगी को कोई पैग़ामे-लबे-नाज़ तो दे
मौत की आँख भी खुल जाएगी आवाज़ तो दे

कोई कैफ़ियत ही नहीं कि अपने को अपनी ज़िद[2] जो बनाया है
कि वह ग़म भी क्या जो हँसा न दे वह ख़ुशी भी क्या जो रुला न दे

यह नर्म नर्म हवा झिलमिला रहे हैं चराग़
तेरे ख़याल की ख़ुशबू से बस रहे हैं दिमाग़

न हमसे पूछ हुस्न-ओ-इश्क़ का राज़ेनिहाँ क्या है
बहुत नज़दीक से इस ज़िन्दगी को हमने देखा है

अब दौरे असमाँ है न दौरे हयात है
ऐ दर्दे-हिज्र[3] तू ही बता कितनी रात है

बीते हुए ज़माने यूँ याद आ रहे हैं
मुँह फेरकर वह जैसे कुछ मुस्करा रहे हैं

पड़ते ही आँख तुझपर जो यूँ तड़प उठा हूँ
देखा हो जैसे पहले पहचान सा गया हूँ

उदासी बेदिली आशुफ़्तहाली[4] में कमी कब थी
हमारी ज़िन्दगी यारो हमारी ज़िन्दगी कब थी

अबद[5] भी अपनी परछाँईं अज़ल[6] भी रोशनी अपनी
मुहब्बत को कमी क्या मौत अपनी ज़िन्दगी अपनी

हयात उनकी जो इस ज़िन्दगी में मर निकले
करेगा क्या कोई आशिक़ जो काम कर निकले

किसी का यूँ तो हुआ कौन उम्रभर फिर भी
ये हुस्न-ओ-इश्क़ तो धोका है सब मगर फिर भी

दुबिधा पैदा कर दे दिलों में ईमानों को दे टकराने
बात वह कर ऐ इश्क़ कि सुनकर सब क़ायल हों कोई न माने

क़फ़स[7] से छुट के वतन का सुराग़ भी न मिला
वह रंगे-लाला-ओ-गुल था कि बाग़ भी न मिला

एक शबेग़म वह भी थी जिसमें नींद न आई रोए भी
एक शबे ग़म यह भी है जिसमें कुछ जागे कुछ सोए भी

थी मुन्तज़िर सी दुनिया ख़ामोश थीं फ़िज़ाएँ
आई जो याद तेरी चलने लगीं हवाएँ

हम भी कुछ हौसले निकालें
आओ तुम्हें सीने से लगा लें

मौत इक गीत रात गाती थी
ज़िन्दगी झूम-झूम जाती थी

छेड़ ऐ दिल यह किसी शोख़ के रुख़सारों से
खेलना आह दहकते हुए अंगारों से

करने को हैं दूर आज तो यह रोग ही जी से
रक्खेंगे हम प्यार न तुमसे न किसी से

अक्सर यूँ भी याद आए तुम
आँखों में आँसू लब पै तबस्सुम

न समझने की यह बातें हैं न समझाने की
ज़िन्दगी उचटी हुई नींद है दीवाने की

यूँ तो बाज़ी अजल से मार गई
ज़िन्दगी-ज़िन्दगी से हार गई

आदमी के हाले-अबतर[8] पर फ़रिश्ते रो गए
हम ख़ुदा थे क़िस्मतों से टुकड़े-टुकड़े हो गए

यह दुःख यह रंज यह आज़ुर्दा हालियाँ तेरी
जो चूम-चूम न लूँ सब उदासियाँ तेरी

वह निगह राह पर नहीं आती
बात बनती नज़र नहीं आती

अब रूख क्या उगेगा जब जड़ ही कट गई
क्या आक़बत बनेगी जो दुनिया बिगड़ गई

वह आलम होता है मुझ पर जब फ़िक्रे-सुख़न[9] मैं करता हूँ
ख़ुद अपने ख़यालों को हमदम मैं हाथ लगाते डरता हूँ

पौ फटी ज्यों बिरहिन की छाती
जागीं अब आँखें मदमाती

आ रहा है हुस्न पर तेरे शबाब
आफ़ताब आमद दलीले आफ़ताब[10]

सोती है हकूमत तो रह जाएगी वह सोती
अल्लाह की लाठी में आवाज़ नहीं होती

शाम भी थी धुआँ-धुआँ हुस्न भी था उदास-उदास
दिल को कई कहानियाँ याद सी आके रह गईं

ग़रज़ कि काट दिए ज़िन्दगी के दिन ऐ दोस्त
वह तेरी याद में हों या तुझे भुलाने में

हमसे क्या हो सका मुहब्बत में
तुमने तो ख़ैर बेवफ़ाई की

जो जह्रे-हलाहल है अमृत भी वही नादाँ
मालूम नहीं तुझको अन्दाज़ हैं पीने के

इक फ़सूँ सामाँ[11] निगाहे आशना[12] की देर थी
इस भरी दुनिया में हम तनहा नज़र आने लगे

आलम-आलम इश्क़ भी तनहा
तनहा हुस्न भी आलम-आलम

कुछ आदमी को हैं मजबूरियाँ भी दुनिया में
अरे वो दर्दे मुहब्बत सही तो क्या मर जाएँ

ख़ुदाओं देवताओं और फ़रिश्तों ने तो झक मारा
मुहब्बत को मुहब्बत कर दिया मिट्टी के पुतलों ने

जहाँ में थी बस इक अफ़वाह मेरे जलवों की
चराग़े-दैर-ओ-हरम[13] झिलमिलाए हैं क्या-क्या

हुस्न की नर्मियों ने लौ दे दी
मुस्कराना तेरा है याद मुझे

कौन यह ले रहा है अँगड़ाई
आसमानों को नींद आती है

आज आँखों में काट ले शबे-ग़म
ज़िन्दगानी पड़ी है सो लेना

सोनेवाले कमर तो सीधी हो
नींद आए न आए पाँव पसार

तेरा फ़िराक़ तो उस दिन तेरा फ़िराक़ हुआ
जब उनको प्यार किया मैंने जिनसे प्यार नहीं

ग़रज़ कि होश में आना पड़ा मुहब्बत को
हमीं को देख लो ऐ अहले-दर्द दूर न जाओ

मैं पूछता तो हूँ मगर जवाब के लिए नहीं
यह क्यों तेरी नज़र फिरी यह क्यों बदल गई हवा

चाँद एक गीत रात गाता था
गुनगुनाता हो जैसे इक मुर्दा

शबे-फ़ुरक़त[14] के सन्नाटों में अक्सर
सदा आती है मैं तुझसे कहाँ दूर

यह ज़िन्दगी के कड़े कोस, याद आते हैं
तेरी निगाहे-करम[15] का घना घना साया

जो तेरे गेसुए-पुरख़म[16] से खेल भी न सकीं
इन उँगलियों से सितारों को छेड़ सकता हूँ

मिल आओ 'फ़िराक़' से किसी दिन
वह शख़्स अजीब आदमी है

कहाँ का वस्ल तनहाई ने शायद भेस बदला है
तेरे दमभर को आ जाने को हम भी क्या समझ बैठे

एक मुद्दत से तेरी याद भी आई न हमें
और हम भूल गए हों तुझे ऐसा भी नहीं

तमाम शबनम-ओ-गुल है वह सरसे ताबक़दम[17]
रुके-रुके से कुछ आँसू रुकी-रुकी सी हँसी

छुटके घर आ गए तेरे क़ैदी
लेकिन अब इनको कौन पहचाने

कुछ नहीं कहतीं निगाहें मगर
बात पहुँची है कहाँ से कहाँ

मंज़िलें गर्द के मानिन्द उड़ी जाती हैं
वही अन्दाज़े-जहाने-गुज़राँ[18] है कि जो था

ज़िन्दगी को भी मुँह दिखाना है
रो चुके तेरे बेक़रार बहुत

चुप हो गए तेरे रोनेवाले
दुनिया का ख़याल आ गया है

कल फिर इश्क़ न रूठ सकेगा
आज मना ले आज मना ले

हासिले-हुस्न-ओ-इश्क़ बस इतना
आदमी-आदमी को पहचाने

क्या करें हम भी क्या करो तुम भी
आदमी आदमी का दुश्मन है

देख रफ़्तारे-इन्क़लाब 'फ़िराक़'
कितनी आहिस्ता और कितनी तेज़

अपना ग़म किस तरह बयान करूँ
आग लग जाएगी ज़माने में

मौत का भी इलाज हो शायद
ज़िन्दगी का कोई इलाज नहीं

तुझे याद करता हूँ और सोचता हूँ
मुहब्बत है शायद तुझे भूल जाना

तू एक था मेरे अशआर में हज़ार हुआ
इस इक चराग़ से कितने चराग़ जल उट्ठे

काना फूसी है कुछ सितारों में
इश्क़ की बात कितनी दूर गई

वो रंगे-रुख़ था उठाई है जब किसी ने निगाह
शराब जैसे छलकते-छलकते रह जाए

यही तो बात नई तेरी बातचीत में है
यही कि तेरी सदा है सुनी हुई आवाज़

मेरे नग़मों का यह हासिल
दुनिया को सीने से लगा ले

मस्त-ओ-पुरकैफ़[19] बादलों को न देख
बेख़बर तू कुचल न जाए कहीं

दिखाते हैं सितारे एक बेहतर ज़िन्दगी का ख़्वाब
न देख उनकी तरफ़ वह छीन लेंगे सब ख़ुशी तेरी

'फ़िराक़' तू ही मुसाफ़िर भी तू ही मंज़िल भी
किधर चला है मुहब्बत की चोट खाए हुए

चार सू परकैफ़ उदासी आओ कुछ बातें करें
रात कितनी भी हो बाक़ी नींद पूरी हो चुकी

एक मुद्दत से दिले-ग़मगीं पै था इक बोझासा
आज तेरी याद में रोए तो हलके हो गए

जब जब इसे सोचा है दिल थाम लिया मैंने
इन्सान के हाथों से इन्सान पै जो गुज़री

देख तारों भरी ये रात 'फ़िराक़'
आँसुओं का क़फ़स है दुनिया पर

ज़िन्दगी क्या है इसको आज ऐ दोस्त
सोच लें और उदास हो जाएँ

यह दुनिया मुझे यों नज़र आ रही है
कहीं जैसे कोई चला जा रहा हो

यह दुनिया वह हसीना है हसींतर हो जो हर लमहा
इसे जितना समझता हूँ मुहब्बत बढ़ती जाती है

इनकी हिमाक़तों का ठिकाना भी है कोई
दुनिया बिगाड़कर जो बनाते हैं आक़बत

टूटे न कहीं 'फ़िराक़' यह ज़ब्त
फूटें न कहीं ज़बाँ के छाले

कई रोज़ों की मुलाक़ात की है आख़िरी शाम
वक़्त क्या चीज़ है मालूम हुआ आज हमें

तेरे लड़ने पै खुला मुझ पै तेरे इश्क़ का हाल
तुझे इतनी थी मुहब्बत मुझे मालूम न था

सरे-सहराए-जहाँ रह-रहकर
कोई आवाज़ सी जैसे आए

कौन खड़ा है मेरे सामने
और रोशनी और रोशनी

सूनी-सूनी विरह की घड़ियाँ
लुट गए दिन और छिन गईं रातें

तेरा दीदार फ़िक्रे-शेर के वक़्त
आज बिगड़ी बनी बनाई बात

मैं हूँ, शाम है, तनहाई है
तुम भी जो होते अच्छा होता

उम्र 'फ़िराक़' ने यूँ ही बसर की
कुछ ग़मे दौराँ कुछ ग़मे जानाँ

खुदा को अहले जहाँ जब बना चुके तो 'फ़िराक़'
पुकार उठे कि खुदा ने हमें बनाया है

कोई वक़्त हो कोई हंगाम हो
वह जब आएँगे रात हो जाएगी

हैं लफ़्ज़-लफ़्ज़ में आईना-बह्र-ओ-बर वो रमूज़[20]
ज़मीं की चोट उभरती है मेरे नग़्मों में

तारीकियाँ[21] चमक गईं आवाज़े दर्द से
मेरी ग़ज़ल से रात की ज़ुल्फ़ें सँवर गईं

खुदा के सामने मेरे गुनाहगार हैं जो
उन्हीं से आँखें बराबर मेरी नहीं होतीं

आज यही दुनिया है जहन्नम
कल यही दुनिया जन्नत होगी

फिर हुए वीराने आबाद
इन्क़लाब ज़िन्दाबाद

सन्दर्भ

1. इश्क़ की आग 2. उलटा, विपरीत 3. विरह की पीड़ा 4. परेशानी 5. अनन्त 6. अनादि 7. पिंजड़े 8. दुर्दशा 9. कविता करने का विचार 10. सूर्य का उदय होना ही सूर्य के होने की दलील है 11. जादू भरी 12. परिचित दृष्टि 13. मन्दिर और मसजिद के दीप 14. वियोग की रात 15. कृपा-दृष्टि 16. घुँघराले केश 17. सिर से पाँव तक 18. गुज़रती हुई, चलती हुई दुनिया 19. मस्ती भरे 20. सागर और पृथ्वी के भेदों का दर्पण 21. अन्धकार।

पुरानी उर्दू

खड़ी बोली का सबसे प्रखर, उर्वर, ज़ोरदार और लचकदार हिस्सा उसकी क्रियाएँ हैं। हिन्दी के दूसरे रूपों में क्रियाओं का यह ठाठ बाट नहीं है। जहाँ तक मैं पता चला सका हूँ, हिन्दुस्तान की शायद ही किसी भाषा में क्रियाओं का निखार, ज़ोर, लचक और क्रियाओं के इतने रूप नज़र आएँ। एक तरह से खड़ी बोली के विकास का इतिहास खड़ी बोली की क्रियाओं का इतिहास है। ये क्रियाएँ लगभग कई सौ बरसों के अन्दर आज का रूप धार सकी हैं। दो चार मिसालें लीजिए —'हमने उनसे बातें की' को 'बातें करियाँ', 'वो लड़कियाँ यहाँ आईं', को 'आइयाँ' इसी तरह 'उठाईं' को 'उठाइयाँ' 'देखीं' को 'देखियाँ' 'देख लीं' को 'देख लियाँ' 'गईं' को 'जाइयाँ' करके बोलते थे। इन ग़ज़लों में कुछ शब्द अपने डेढ़ सौ बरस पहले के रूप में नज़र आएँगे। अब से कुछ कम सौ बरस पहले 'आता है' को 'आए है' बोलते थे।

(1)

दिल की जानिब देखकर कल देर तक ललचाइयाँ
मैंने जब देखा तो वह आँखें बहुत शरमाइयाँ
कह रहा था इश्क़ की रूदादे-ग़म हँस-हँसके मैं
नाम जब आया तेरा आँखें मेरी भर आइयाँ
आप अपने से उलझकर रह गया मैं हमनफ़स[1]
गुत्थियाँ जज़्बे-निहाँ[2] की जब बहुत सुलझाइयाँ
लहलहा उट्ठे तुलूए-मेह्र से जैसे फ़िज़ा
दिल में तू आया कि गुलशन में बहारें आइयाँ
चन्द कलियों पर चमन में आ चला था रंगसा
आज तेरी शोख़ियाँ अक्सर मुझे याद आइयाँ

कुछ न कुछ तो जी में ठानी है मगर यह सोच है
वह निगाहें भी अगर सुनगुन कहीं कुछ पाइयाँ
पर्दे-पर्दे में हज़ारों वारदातें हो गईं
आह क्या क्या तीराबख़्तों[3] ने भी रातें पाइयाँ
बिजलियाँ कौंदीं, घटाएँ छा गईं, होश उड़ गए
वो शराबें नरगिसे-सरशार ने छलकाइयाँ
दर्द ने भी करवटें बदलीं दिलेनाकाम में
हिज्र में जब रात को ज़ुल्फ़े ज़रा लहराइयाँ
नीम ख़्वाबी कुछ फ़िज़ाए ग़म की गहरी हो गई
चर्ख़ पर तारों ने जब पलकें ज़रा झपकाइयाँ
वजहे आग़ज़े-मुहब्बत[4] जो हुई थीं एक दिन
आज तेरी वह अदाएँ देर तक याद आइयाँ
यूँ तो तक़दीरे मुहब्बत में थी मर्गे-बेकसी[5]
आज सीने में वह आँखें देर तक पछताइयाँ
देखना है हमको इस तर्के-मुहब्बत का मआल[6]
आईं हैं ख़बरें कि अहले ग़म ने क़समें खाइयाँ
इस जहाने अजनबी का कुछ कुछ अन्दाज़ा मिला
वहशतें दिल की जब इन आँखों ने कुछ परखाइयाँ
इश्क़ सौ सौ तरह सौगन्दे-वफ़ा[7] खाता रहा
मुश्किलों से आज वह आँखें मगर पतियाइयाँ
दास्ताने इश्क़ भी बेरब्तसी होने लगी
हुस्न को अँगड़ाइयों पर आईं जब अँगड़ाइयाँ
हम समझते थे अब इसका याद आना है मुहाल
आज पलकों को मगर नम और मुलायम पाइयाँ
ऐ नसीमे सुब्ह तू नमदीदा[8] गुज़री बाग़ से
हाँ वह कलियाँ याद हैं जो बिन खिले मुरझाइयाँ
रोनेवालो अहतरामे-ग़म बहुत दुश्वार है
यूँ तो आँखें हैं ताज्जुब क्या अगर भर आइयाँ
लोग कहते हैं कि दुनिया का बदलना है मुहाल
इश्क़ कहता है कि इस जीने से तो मर जाइयाँ
देखियाँ गर कुछ यहाँ तो आँखवालों ने 'फ़िराक़'
पाइयाँ गर कुछ यहाँ तो अहले दिल ने पाइयाँ

(2)

रात दिन पलकों तले अश्कों की लड़ियाँ देखियाँ
जो दिखाया तेरी फ़ुरक़त[9] ने वह घड़ियाँ देखियाँ
नै सबा नै साया संगीं मंज़िलें दूर आसमाँ
राहगुज़ारे-इश्क़ में क्या-क्या न कड़ियाँ देखियाँ
दिल फुँके, लहरा के सीनों से धुआँ उठने लगा
आग बरसाती हुई सावन की झड़ियाँ देखियाँ
रस्म-ओ-रहकी बन्दिशें, तक़दीर की पाबन्दियाँ
ज़ीस्त[10] के पाँवों में ज़ंजीरें जो पड़ियाँ देखियाँ
गर्द तक जिनकी न पातीं, हम नफ़स हूर-ओ-परी[11]
सूरतें क्या-क्या ज़मीं में हमने गड़ियाँ देखियाँ
रश्के-जन्नत थे दिलों के यह ख़राबे हाय-हाय
कैसी-कैसी बस्तियाँ बसकर उजड़ियाँ देखियाँ
नूर के पुतलों की भी धड़कों में होती है बसर
अंजुमन में शमा की साँसें उखड़ियाँ देखियाँ
चारागर भी क्या करें मजरूहे-ग़म[12] भी क्या करें
सीवनें ज़ख़्मे-नेहाँ की सब उधड़ियाँ देखियाँ
नज़रों-नज़रों में बदलियाँ यार की नज़रें 'फ़िराक़'
बातों-बातों में बनी बातें बिगड़ियाँ देखियाँ

(3)

गेसुए नमनाक[13] फिं रातें तेरी याद आइयाँ
नर्गिसे-चालाक फिर बातें तेरी याद आइयाँ
जैसे कुछ भूले हुए से हों तेरे क़ौल-ओ-क़रार
आज दिल को बेकही बातें तेरी याद आइयाँ
मुझको तनहा जीते-जीते एक ज़माना हो गया
बाद मुद्दत के मुलाक़ातें तेरी याद आइयाँ
बह्र-ओ-बरपर रात की परछाइयाँ पड़ने लगीं
वो खुले बालों मुलाक़ातें तेरी याद आइयाँ
और सन्नाटा शबे-तारीके-ग़म[14] का बढ़ गया
जब सुकूते-हिज्र[15] में बातें तेरी याद आइयाँ
आज कुछ खोया हुआ सा था मैं ए चश्मे-सियाह

देर तक रातें तेरी बातें तेरी याद आइयाँ
कैफ़ से ख़ाली घटाएँ देखकर परदेस में
शह्रे-गोरखपूर बरसातें तेरी याद आइयाँ
क़ौले-मर्गे-नागहाँ[16] उसकी नज़र से है 'फ़िराक़'
सब कहाँ गिनती की कुछ बातें तेरी याद आइयाँ

(4)

हर इशारे में न जाने कितनी घातें पाइयाँ
नरगिसे ग़म्माज़[17] हमने तेरी बातें पाइयाँ
देखनेवालों ने तुझमें देखियाँ सद शाने-हुस्न
सोचनेवालों ने क्या-क्या तुझमें बातें पाइयाँ
बेख़बर हरगिज़ मिज़ाजों से नहीं दौरे-फ़लक
जो हमीं से कट सकें हमने वो रातें पाइयाँ
अब तो खुल जा हम जहाँदीदों से तू ए ज़िन्दगी
तेरी बातें पाइयाँ सब तेरी घातें पाइयाँ
क्या हैं बस हँसने हँसाने ही को ऐय्यामे निशात
रोने धोने के लिए क्या ग़म की रातें पाइयाँ
चार दिन की ज़िन्दगी को जाविदानी[18] कर गए
मरनेवालों ने तेरे क्या-क्या हयातें पाइयाँ
ऐब की आँखों से भी रहती हैं जो ओझल सदा
हुस्न की दुज़दीदा नज़रों[19] ने वो घातें पाइयाँ
जो न थीं शाइस्तए-ग़म[20] अपनी नज़रों में 'फ़िराक़'
शादकामाने-ज़मानाने वो रातें पाइयाँ

सन्दर्भ

1. साथी 2. गुप्त भावों 3. भाग्यहीनों 4. प्रेम आरम्भ होने का कारण 5. विवशता की मृत्यु 6. प्रेम त्यागने का परिणाम 7. वफ़ा की क़सम 8. सजल नेत्रों के साथ 9. विरह 10. जीवन 11. हूर, परी, अप्सराएँ 12. दुख के घायल 13. भीगे केश 14. दुख की अँधेरी रात 15. विरह की शान्ति, मौन 16. अचानक आनेवाली मौत का क़ौल 17. ग़मज़ों (कटाक्षों) से भरी आँख 18. अमर 19. चोर नज़रों 20. दुनिया के सफल और खुश लोगों ने वो रातें पाईं जिन्हें ग़म ने सँवारा या रचाया नहीं था।

❑❑❑